Julie Burow

Walter Kühne - Roman

Julie Burow

Walter Kühne - Roman

ISBN/EAN: 9783743463264

Hergestellt in Europa, USA, Kanada, Australien, Japan

Cover: Foto ©Andreas Hilbeck / pixelio.de

Manufactured and distributed by brebook publishing software (www.brebook.com)

Julie Burow

Walter Kühne - Roman

Walter Kühne.

Roman

von

Julie Burow.

(Frau Pfannenschmidt.)

Bromberg, 1860.
it, Königlicher Hofbuchhändler.

Es war schon Mitternacht vorüber, eine stille klare Octobernacht, warm und wolkenlos. Der Tag war neblig gewesen, so daß man in den Straßen kaum die nächsten Gegenstände erkennen konnte, gegen Abend aber war der Nebel gefallen, das Straßenpflaster war feucht und schlüpfrig; von den Ketten, die rings die Hauptwache in einiger Entfernung umgaben, von den Schnüren, an denen die Laternen schaukelten und von allen Baumzweigen vor den Hausthüren troff es leise nieder. Außer dem Nachtwächter, der mit seinem Hunde und seinem Horn auf und ab patrouillirte, war keine Seele sichtbar und kein Geräusch ließ sich weit und breit vernehmen, als das leise Rieseln des Brunnens auf dem Markte.

Dort brannte in der ersten Conditorei der Stadt noch Licht, die Thüren aber waren festgeschlossen und im vorderen Raum lehnte schlaftrunken ein weißbeschürzter Kellner an einer Säule. —

Im Hinterzimmer aber war noch Gesellschaft. — Sechs oder acht Herren, die zusammen um einen Tisch saßen.

Große Kelchgläser mit dampfendem Glühwein standen vor ihnen, die Gesichter Aller waren erhitzt und nur der eine, ein schlanker bleicher Mensch von etwa 20 Jahren, schien nüchtern und war es auch.

Er saß einem viel älteren Manne gegenüber, der Bank gelegt hatte und die leisen Töne des gagne — perdu klangen deutlich hörbar durch das Geräusch eines sehr ungeordneten Gesprächs.

Meine Herren! die Patrouille, sagte der Kellner, rasch die Thür öffnend.

In einem Nu verschwanden die Geldhäufchen vom Tische. Jeder raffte sein Kartenpäckchen zusammen und schob es in die Westentasche und der Banquier ließ seine Karten und sein Geld durch eine Oeffnung des Tisches in das Schubfach gleiten.

Der Polizeibeamte trat mit dem Unteroffizier von der Patrouille ein, grüßte höflich und entfernte sich dann wieder.

Die Gesellschaft richtete sich nach seinem Abgange sogleich wieder zum Spielen ein, und der blasse, nüchterne Jüngling stand auf, nahm seinen Hut und verließ mit einem: viel Vergnügen meine Herren! das Zimmer.

Auf der Straße umfing ihn die Stille und die weiche laue Herbstluft wehte wie kosend um seine Schläfen.

Sein Weg führte ihn an dem Ufer des Stromes hin, der, fast mitten durch die Stadt fließend, mit seinem Bollwerk zu jeder Tages- und Jahreszeit einen hübschen Spaziergang bildet. —

Eine von hier abzweigende Seitenstraße führte in einen Theil der Stadt, den nur die Armuth bewohnte; dorthin richtete er, nach einem leichten Kampf mit sich selbst, seine Schritte und stand bald vor einem Hause, das neu abgeputzt und mit hellen Fenstern versehen, sehr günstig gegen seine Umgebung abstach.

Ob sie noch wach sein mag? flüsterte der Jüngling — es brennt noch Licht hinter ihrem Fenster! und seine Handschuhe zusammenballend warf er mit denselben nach den erhellten Scheiben im ersten Stock.

Eine Dame trat an's Fenster, eine hohe schlanke Gestalt. Der Jüngling erhob den Kopf und sang mit einer wohlklingenden Tenorstimme:

> Riegel auf, Riegel auf! in stiller Nacht,
> Riegel auf! der Liebste wacht!

Die Dame öffnete das Fenster. Das Licht im Zimmer ließ den unten Stehenden in diesem Augenblick sehen, daß sie in einem zierlichen Negligé war; sie beugte sich hinaus und flüsterte hinab:

Was wollen Sie, Walter? es ist 1 Uhr vorüber, das Haus längst geschlossen; wollen Sie durch Ihre Thorheit mich hier blosstellen? —

Ich wollte Sie nur sehen, Aline, nur einen Augenblick sehen, entgegnete der Jüngling, rasch auf einen der Prellsteine springend, wo er dem nicht all zu hohen Fenster ziemlich nahe war — Ihnen nur die Hand bieten, wenn es sein kann, dann gehe ich, und komme bescheiden erst wieder wenn der Tag am Himmel steht.

Sie sind ein Thor, entgegnete Aline, gehen Sie zu Bett und bereuen Sie Ihre Sünden, Walter, morgen dürfen Sie auch nicht herkommen, aber übermorgen, übermorgen! setzte sie rasch hinzu und ihre Stimme zitterte. Geh'n Sie, Walter, um Gottes Willen, Sie bringen mich durch Ihr verweilen in's Elend. —

Sie schlug das Fenster hastig zu. Das Licht innen verschwand plötzlich und Walter sprang von dem Steine und schlich sich durch die unheimliche Straße, bis er den Stadttheil erreichte, wo seine Wohnung stand.

Es war ein hübsches anständiges Haus, klein aber wohlgebaut. Ein Gärtchen lag vor demselben und Resedaduft umwehte ihn, als er hindurchschritt.

Er öffnete mit seinem Schlüssel die Hausthüre und versuchte es, durch die Flur nach der Treppe zu schleichen, aber es gelang ihm nicht.

Eine Zimmerthüre öffnete sich leise, eine Frau ergriff seine Hand und zog ihn in die Stube, wo sorglich geschirmt noch eine Lampe brannte. —

Es war eine noch jugendliche Gestalt, die ihm gegenüber stand, nicht groß und von zierlichem Wuchs. An dem blassen und feinen Gesichte sah man, daß sie geweint hatte.

Wo warst Du, Walter? o mein Sohn, mein Sohn! sprich die Wahrheit, wo warst Du? —

Was ist Dir, Mutter? was hast Du, meine einzige liebe Mama? sagte der Sohn, seine Arme um der Mutter Nacken schlingend und sein Gesicht auf ihre Schulter legend.

Es war eine Bewegung, wie sie auch ein schmeichelnder Knabe gemacht haben würde, hier aber diente sie dazu, ein schuldiges Angesicht vor dem Mutterauge zu verbergen.

Du warst nicht im Hause des Directors, alle diese Tage nicht, sagte die Mutter leise, aber mit einem Tone, der in das Herz des zitternden Jünglings drang, wo warst Du, Walter, o sag' mir die Wahrheit, die Angst um Dich zerreißt mir die Seele.

Mutter! Mutter! flüsterte der Sohn, der auf die Knie gesunken war und das Gesicht jetzt in dem Schooße der Mutter verbarg — vergieb mir. —

Sprich, wo warst Du, unglückſel'ger Jüngling, wiederholte die Mutter; aber der laute gellende Ton der Hausklingel ließ sich plötzlich verstummen. — Es ist der Vater, flüsterte der Sohn, zitternd sich von den Knieen erhebend, und die Mutter öffnete eine Seitenthür und ließ ihn schweigend aus dem Zimmer schlüpfen, in das im nächsten Moment ein großer schlanker Mann trat.

Du bist noch auf, Anna? sagte er, und der Ton seiner Stimme war herbe bis zur Bitterkeit, ich begreife nicht, was Dich bewegt, meine Gänge zu bespähen und Dich wie eine eifersüchtige Thörin an meine Schritte zu heften. —

Ich bin nicht eifersüchtig, und das weißt Du, entgegnete die Frau, den Kopf mit einem Ausdruck von Stolz erhebend, der zu dem sanften Gesicht nicht paßte. Ich bin auch Deinetwegen nicht wach geblieben. —

Weshalb denn? wenn man fragen darf, sagte der Gatte höhnisch, halten Dich etwa Geschäfte ab von der Nachtruhe, viel geplagte Hausfrau? —

Sorgen halten mich wach, August, sagte die Gattin, aus deren Augen plötzlich Thränen brachen, während ihr Gesicht den ihm natürlichen Ausdruck der Milde und Duldsamkeit wieder annahm. Sorgen, schwere Sorgen! Walter ist diese ganze Woche erst nach Mitternacht heimgekehrt. —

Also um des Jungen willen all dies Aufheben! entgegnete der Hausherr, nun so etwas hätte ich von

Dir erwarten können, mater dolorosa, ja es kommt die Zeit, wo der Bursch der Mama nicht mehr am Schürzenbändel hängt, entsetzlich! —

Er nahm die auf dem Tisch stehende Lampe und wollte seine Gattin rücksichtslos im Dunkeln zurücklassend, rasch nach seinem Schlafzimmer gehn. Anna aber ergriff seinen Arm und hielt ihn fest.

Bleib, August! es ist Dein Kind, Dein einziger Sohn, bleib' um Gottes Willen, sagte sie mit Todesangst.

Nun es ist eben keine Zeit zu einer rührenden Familienscene, entgegnete er, sich langsam umwendend und in die Ecke des Sophas werfend, aber — was giebt es denn, Anna, das wieder die Thränenschleusen bei Dir öffnet? —

Höre mich um Gottes Willen, sagte die Frau, Du weißt, es ist für diejenigen, die ich liebe, nicht schwer mich zu täuschen.

Das beginnt in der That vielversprechend, warf er gähnend ein.

Es ist eine Selbstanklage, eine sehr schwere in diesem Fall, entgegnete sie — ich fürchte, daß Walter mich seit Monaten täuscht, daß er keineswegs der harmlose Jüngling mehr ist, für den mein Mutterherz ihn bis vor wenigen Tagen hielt. August, wie viel Geld giebst Du ihm?

Von dem was ich ihm gebe, wird er schwerlich große Sprünge machen, sagte der Hausherr, darüber laß Dir keine grauen Haare wachsen.

So hat er Mittel und Wege sich Geld zu verschaffen, die uns unbekannt sind, entgegnete die Frau händeringend. — Sieh her, was ich vorgestern in der Tasche seines Oberrockes fand.

Sie breitete zwei zerknüllte Papierstücke auf dem Tische aus und fuhr mit der Hand glättend über dieselben.

Es waren Rechnungen, die eine von einem Juwelier, die andere aus einer Modenhandlung, beide zu Dank quittirt, die erstere über eine Summe von 40 Thlr. für eine Broche und ein Armband, die andere für allerlei Gegenstände der Damentoilette, über 18 Thlr.

Der Vater des Jünglings, um dessen Moralität ein Mutterherz zitterte, betrachtete diese beiden Documente mit einer sich in jedem Moment vermehrenden Aufmerksamkeit.

Für eine goldene Broche in Form eines Blumenkörbchens, las er halblaut vor sich hin — für ein Armband aus runden einzelnen Gliedern — seltsam! Teufel ah — könnte das möglich sein!

Die Mutter hielt indeß die weiße schlanke Hand vor die Augen und hinter derselben flossen ihre Thränen mit reißender Schnelle. —

Wem hat er diese Dinge gegeben? auf welche Weise hat er sie bezahlt? flüsterte sie, und ihr Gatte, rasch von den Rechnungen aufsehend, sagte: Ja, wem hat er sie gegeben? das möcht' ich auch wissen!

In dieser Hinsicht glaub' ich dem verirrten Jüngling auf der Spur zu sein, entgegnete die Mutter; zwar weiß ich den Namen der Person nicht, aber ich kenne ihren Wohnort. Es ist wahrscheinlich die schöne Frau, die in dem neuen Hause in der Molkengasse wohnt; erinnerst Du Dich ihrer vielleicht, August? Sie war im Frühling einmal bei Dir, wegen eines Injurien-Prozesses, sagtest Du mir, erinnere Dich nur, sie fragte im Flur so angelegentlich nach mir und —

Die! sagte der Ehegatte, und sein Gesicht ward finster wie die Mitternacht, ich fürchtete etwas dergleichen — beim Teufel! und wie bist Du denn zu dieser saubern Entdeckung gekommen, Anna?

Erzürne Dich nicht über ihn, es ist Dein Sohn, sagte die Frau fürbittend, ich will und muß Dir Alles sagen, obgleich es mir sehr schwer wird, so als Klägerin gegen Walter aufzutreten. — Ach, es ist für eine Mutter so schwer, einen Knaben zu erziehen, sie bedarf des väterlichen Beistandes nur zu oft.

Genug der Einleitungen und Lamentationen, sagte der Ehemann barsch, ich will wissen, warum Du — was Du von — woher Du glaubst, daß Walter jene

Dame — jenes Frauenzimmer kennt?

Erinnerst Du Dich des Tages da sie hier war? — Zum Teufel, ja!

Er sah sie damals, sie trafen sich am Vorsaal und er sagte, sie sei wunderschön.

Sein Geschmack ist nicht schlecht, sagte der Vater und trommelte mit den Fingern ungeduldig auf dem vor ihm stehenden Tisch.

Ich weiß nicht, entgegnete die Mutter, fast möchte ich es für ein schlimmes Zeichen für den Charakter eines Jünglings halten, wenn er sich für ein weibliches Wesen von dieser Art Schönheit interessiren kann. — Diese sprühenden Augen hatten etwas Diabolisches und von dem kleinen feinen Munde schienen mir die Genien der Unschuld längst entflohen zu sein. — Sie wahr sehr schön diese Frau, aber —

Du hast sie Dir genau betrachtet in dem kurzen Augenblick, wo Du sie gesehen, sagte der Mann.

Gewiß, entgegnete Sie, mich interessirt dies seltsam schöne Gesicht und der Blick mit dem sie mich betrachtete. Es lag etwas wie — wie Mitleid in den funkelnden Augen.

Der Mann war aufgesprungen und schritt, sichtlich von der heftigsten Ungeduld gefoltert, in dem kleinen Zimmer auf und ab. Zur Sache, zur Sache, schrie er endlich in wilder Aufregung, wie kommst Du darauf, daß Walter mit ihr — mit Alinen Verbindungen hat?

Aline heißt sie, ich wußte ihren Namen nicht, sagte die Frau arglos. Ich wußte nur, daß er —

Wer Er?

Walter, unser Sohn, sie über alle Maßen schön fand. — Du weißt, er soll Ostern zur Universität abgehen. Er gestand mir, daß er sich in vielen Zweigen seiner Kenntniß noch schwach fühle, schon im Sommer gestand er mir das und bat mich die späten Abendstunden zu seinem Studium in Gesellschaft Adelhart Steins benutzen zu dürfen. —

Die gabst Du ihm natürlich? sagte der Vater hönisch; da du wußtest, daß der Director Stein mein Todfeind ist, so war er und seine ganze Familie Dir als Umgang für Walter und Dich besonders lieb.

Verzeih' mir, August — ich gab ihm die Erlaubniß, obgleich Du Dich mit Stein überworfen. — Ich achte Stein, ich hoffe —

Wie hat dies Alles Zusammenhang mit Aline, schrie er sie heftig unterbrechend an.

Höre mich aus, August, bat sie, es ist ja unser Kind, um das es sich handelt. — Vor drei Tagen kam Adelhart Stein hierher, als Walter Abends abwesend war, er wünschte dringend ihn zu sprechen. Eine finstere Ahnung zuckte durch mein Herz, ich wollte meinen Sohn nicht an den fremden Jüngling verrathen, so sagte ich nur, Walter hätte zu ihm gehen wollen, aber ich verstand ihn dahin zu bringen, daß er mir erzählte, wie er mit seiner Familie die Abende der letzten Woche zugebracht. — Walter war niemals dort gewesen! — Ich rief nun den alten Martin, ach er hat für Walter fast die Liebe eines Großvaters, der alte treue Mensch, er folgte gestern und heute Abend dem verirrten Jüngling auf seinem Wege — Er war in der großen Conditorei am Markte gestern bis 11 Uhr und ging von dort nach der Mollengasse.

In Alinens Haus, fragte der Vater zähneknirschend.

Heut' Abend war er wieder in der Conditorei, bis nach 12 Uhr, dann sprach er die Dame am Fenster, sagte die Mutter traurig.

August aber sprang wüthend auf von dem Sessel, auf den er sich geworfen hatte, schlug mit der geballten Faust auf den Tisch, daß die Gläser klirrten, drehte sich dann rasch um und ging die Thür krachend hinter sich zuwerfend auf sein eigenes Zimmer.

Sie blieb allein! — Sie war während der nun 25jährigen Dauer ihrer Ehe schon oft mit ihrem Kummer allein geblieben.

Ihr Gatte, der Rechtsanwalt August Kühne, war ein Mann, den man in der Stadt sehr liebenswürdig fand. — Er war als ein armer Knabe im Hause ihrer Eltern wohlgelitten gewesen und hatte dort manche heitere Stunde zugebracht. Als er zur Universität ging, zählte Anna 13 Jahre, aber sie war eine der früh er= blühenden Blumen, und in jenem Alter fand man sie entzückend schön.

August Kühne hatte sich das liebliche Kind zur Göttin erkoren; sie war freilich nicht seine erste Liebe, denn er hatte sich als Schüler schon mit jeder hübschen Nätherin, mit jedem brallen Stubenmädchen gekos't, das sich von dem Jungen einen Kuß rauben ließ, aber sie war die erste sittliche Jungfrau, nach deren Beifall er gestrebt.

Seine Lippen hatten diese volle Knospe aufgeküßt; mit ihr in der Stille verlobt, verließ er die Heimath, um als Student alle Freuden des Jünglingsalters, so reine als unreine, mit vollen Zügen zu genie= ßen. —

Er kehrte in die Vaterstadt als Referendar heim, ein junger, sehr routinirter Mann, der es verstand, sich in die Verhältnisse der Welt zu schicken und mit den Menschen umzugehen.

Anna war indeß ein wirklich erwachsenes Mädchen geworden. Sie zählte 17 und war 4 Jahre im Stillen verlobt.

Ihr Vater galt für ziemlich begütert und der Referenbar Kühne sicherte sich die Hand des schönen Mädchens durch eine öffentliche Verlobung.

Dann machte er alle Prüfungen, die vom Staate dem Juristen auferlegt sind, mit Glück, ja glänzend durch und erhielt die Erlaubniß, als Rechtsanwalt und Advocat in der Heimath zu practiciren. —

Die Jahre, die indeß vergangen, waren aber auch über dem Haupte Anna's nicht spurlos dahin gezogen.

Während der Abwesenheit ihres Verlobten hatte die städtische Hauptkirche einen neuen Geistlichen bekommen, einen Mann, der die erste Jugend bereits hinter sich hatte. — Er war im älterlichen Hause Anna's bekannt, es fanden sich Beziehungen zwischen ihm und dem ernsten verständigen lieblichen Mädchen, die allmählig zu einer innigen Freundschaft wurden, und als sie eines Tages allein bei einander saßen, — er gab ihr Unterricht in der englischen Sprache und sie lasen Miltons verlornes Paradies, — da — keines von beiden wußte, wie es gekommen, keines von beiden hatte so etwas gewollt, geahnt — lagen sie sich in den Armen, tauschten weinend brennende verbotene Küsse und schwuren — sich zu trennen, eine Versuchung für immer zu meiden, die für beider Kraft zu groß gewesen war. — Eduard Walter quittirte sein Amt und schloß sich einer Mission an, die sich damals eben nach den Südsee-Inseln begab. —

Sie hielt ihrem Verlobten Wort! sie fühlte, wie schwer ihr das ward, und bemaß den Grad ihrer Verdienste, ihrem Gatten gegenüber, nach der Ueberwindung, die ihr die Vereinigung mit demselben gekostet hatte. — August Kühne aber, der hübsche, angenehme Mann in günstiger Stellung, legte ein anderes Maß an ihr gegenseitiges Verhältniß. Er hätte jetzt, als Rechtsanwalt als noch junger, hübscher, überall gern gesehener Mann, um das reichste, schönste Mädchen der Stadt, um die Tochter des höchsten Beamten werben und des Jaworts gewiß sein können. Er machte seine Knabenliebe, die bleiche, früh verblühte Anna zur Gebieterin seines Hausstandes, er verwirklichte die Kinderträume des Mädchens — daß er ihren tiefsten Dank, ihre hingebenste Liebe dafür erwartete — wer wollte ihm das eben so sehr verdenken? —

Ein Knabe knüpfte das lockere Band dieser Ehe zu unlöslicher Festigkeit. — Anna verlangte, daß er Walter getauft werde und August fand den Namen nicht häßlich genug, um entschieden: nein! zu sagen. —

Anna Kühne war eine pflichttreue Gattin, eine fleißige Hausfrau, eine leidenschaftlich zärtliche Mutter, aber das Glück wohnte nie in ihrem Hause, weil es nie in ihrem Herzen wohnte.

Der Rechtsanwalt Kühne war ein in der ganzen Stadt geachteter Mann; zwar wußte diese ganze Stadt, daß er im Punkte des sechsten Gebotes durchaus nicht tabellos sei — indeß, einem Mann vergiebt man so manches.

Ob Anna die Ausschweifungen ihres Gatten kannte, davon mußte niemand etwas, sie sprach nie über dieselben, aber es schien auch nicht, als ob sie im geringsten darunter litte. Sie ging ihren Weg durchs Leben, der Hausherr den seinen, und allmälig war von beiden Seiten eine vollständige Eiseskälte eingetreten.

Walter war eine liebenswürdige Natur. Hübsch wie der jugendliche Adonis, immer heiter, ausgerüstet mit mancherlei Talenten und stets geneigt, alles um sich her durch freundliche Worte, durch Geschenke, durch kleinere und größere Gefälligkeiten zu beglücken.

Er war einer von den Menschen, deren Hände machen können was ihre Augen sehen. Er spielte ein halbes Dutzend Instrumente, ohne gerade es auf einem zu besonderer Fertigkeit gebracht zu haben.

Er zeichnete allerliebst, freilich incorrect, aber für einen Nichtkenner konnte es keine niedlicheren Bildchen geben, als die, welche Walter Kühne seinen zahlreichen Freunden und Freundinnen in Stammbücher und auf Erinnerungsblätter zeichnete.

Besonders aber war er groß in allen mechanischen Arbeiten; er reparirte alle Schlösser im Hause und öffnete sie mit einem Nagel oder bloß mit den Fingern, wenn einmal ein Schlüssel verlegt war. Er machte Elektrisirmaschinen, galvanische Säulen, Pappkästchen und Knäuldchen, strickte Jagdtaschen, knüpfte Strickleitern, er verstand sich auf die seltensten Kartenkunststücke, saß oft Stunden lang und schlug zu seiner bloßen Uebung in diesem Fach Volte. Kurz er machte alles, nur eben seine Arbeiten für die Schule machte er sehr oft nicht, oder doch im höchsten Grade unzulänglich, und so war es denn gekommen, daß Walter Kühne mit 20 Jahren noch Primaner war, und daß das sich nähernde Abiturienten-Examen ihm wie ein finsteres Schreckbild vorschwebte.

Der Rechtsanwalt Kühne, des Jünglings Vater war eben nicht verblendet über seinen Sohn. — Er war über die Personen und Gegenstände seines Familienkreises nicht verblendet, seine Illusionen begannen erst wenn er die Thür seines Hauses hinter sich zugeschlagen hatte. — Mit der Mutter war das anders. Alle heiße Liebe ihres Herzens floß auf ihr Kind über und blieb an den Räumen ihres Hauses hängen. — Die Welt außer demselben existirte nur, in so weit sie Bezug auf ihren Sohn, auf ihre Haushaltung, auf ihren Garten und ihre Hausthiere hatte.

Die hübsche Wohnung des Rechtsanwalts, das frühere Vaterhaus der Frau, lag nur wenige Schritte von einer der vorstädtischen Kirchen, auf deren Gottesacker die Aeltern Anna's unter Blumen schlummerten, welche die fromme Tochter pflegte. In dieser Kirche hörte sie auch sonntäglich die Predigt eines weißhaarigen undeutlich sprechenden Greises, zum wahren Aerger ihres Gatten, der der neuesten Schule der Philosophie angehörig in den Nahrungsmitteln des Menschen den Grund seiner Tugenden oder Laster suchte und das Weltgebäude für das einzige, schön, gesetzmäßig und zweckmäßig geordnete Ding hielt, das nicht durch einen denkenden Geist entstanden, noch von einem solchen belebt sei.

Viel dachte Herr Kühne über solche Dinge überhaupt nicht nach. Der Zweck seines Lebens und Nachdenkens war der, Geld zu erwerben — sehr viel Geld, denn er brauchte viel um so zu leben wie er es — des Menschen würdig nannte. —

In gewisser Beziehung war er aber auch wieder mit seiner Frau nicht unzufrieden. Sie hielt das Haus mit nicht eben allzu bedeutenden Geldmitteln in musterhafter Ordnung, sie verstand vortrefflich zu kochen, ein Gastmahl anzuordnen und ihm die Misere der Häuslichkeit, Waschen, Scheuern, die Geschichten mit dem Knaben und all dergleichen fern zu halten.

Er setzte ihr bei allen außergewöhnlichen Vorfällen die Summe, welche zu verausgaben war, genau fest, wie das Haushaltungsgeld, ließ sich genau Rechnung legen und fand immer, daß seine Frau weit besser einzutheilen, weit mehr für die gleiche Summe Geld zu schaffen wußte, als — andere Frauenzimmer, die er auch mit Geld zu versehen pflegte.

Er hatte bestimmt, daß sein Sohn Walter die Rechte studiren solle, um einst, wenn er selbst alt geworden, sein brillantes Geschäft übernehmen zu können. Walter hatte das angenehme Benehmen, was einem Advocaten nothwendig, er verstand zu sprechen, zu schmeicheln wenn es angebracht war — er würde einen trefflichen Advocaten abgeben.

Walter freilich hatte zu diesem Studium wenig Neigung. Er hatte einmal den Wunsch geäußert, Maler zu werden, der Vater gab auf solche Knabenwünsche aber nichts. Jeder Jüngling hat so Zeiten, wo er Künstlerträume hegt, aber das vergeht in der Regel, wenn man nur nicht darauf achtet.

Bei Walter Kühnen war es bald vergangen. Er dachte jetzt schon nicht mehr an die Malerei, noch an irgend eine Kunst, eben so wenig aber an eine ernste Vorbereitung zu Studien.

Walter hatte früh, sehr früh, seines Vaters Verirrungen beobachtet.

Er hatte gesehen, daß der, welcher naturgemäß sein Vorbild in allem Guten hätte sein sollen, ohne jede Rücksicht auf die anscheinend blinde Gattin und den sehr hell sehenden Sohn in allen Lüsten fröhnte. Der Vater trank in seinem Zimmer die feinsten Weine zu jeder Tageszeit, er aß nur ausgesuchte Leckerbissen, welche für ihn stets zubereitet dastanden, er war der eifrigste Besucher der Oper und des Balles, kannte alle Tänzerinnen und gab ihnen feine Diners in öffentlichen Lokalen.

Des Vaters Beispiel war es, welches die ersten Regungen der Sinne bei dem noch sehr jungen Knaben erweckte. — Wehe dem, durch welchen Aergerniß kommt! —

August Kühne, der arme Schüler, war in seiner Jugend fleißig gewesen, war es in seinen reifen Jahren immer noch, denn er hatte sich Fleiß zur Gewohnheit gemacht. Anders war dies bei dem Sohne. Der Vater erwarb was er genoß, aber der Sohn wollte genießen, bevor er zu erwerben verstand. —

Es ist eine sehr eigenthümliche Erscheinung in unserer Zeit, daß man denjenigen nicht als ausschweifend betrachtet, der seine Genüsse baar bezahlt. Es scheint, daß dem reichen Mann alles das erlaubt ist, was er erschwingen kann, und Walter Kühne machte sehr frühe die Bemerkung, daß man achtbar in den Augen der Welt bleibt, so lange man keine Schulden hat. — Sein Vater gab ihm ein bestimmtes, sehr kleines Taschengeld, immer mehr, viel mehr als was ich in Deinen Jahren hatte, pflegte er dabei zu sagen, und der Sohn sah auf dem Pulte, während dieser väterlichen Ermahnung, eine Rechnung liegen aus der Delicatessen-Handlung am Markte über 126 Thlr., zu Danke quittirt, für Austern, Caviar, Neunaugen, Krachmandeln und Traubenrosinen ꝛc., alles abgeliefert an Fräulein Torloni, die Solotänzerin. — Er zog daraus seine eigenen Schlüsse. —

Das Haus, worin die Familie wohnte, war das Eigenthum der Mutter, die dem Vater zwar nicht viel, immer aber doch einige 1000 Thlr. zugebracht hatte. — Dies Geld gehörte nach Walters Ansicht ohne Zweifel dem Sohne, und doch schaltete der Vater damit ganz nach seinem Belieben und gab es aus zu seinem Privatvergnügen.

Der Jüngling sah den Schrank, worin der Vater Geld und wichtige Papiere aufzuheben pflegte, nie an, ohne eine gewisse Bitterkeit gegen den im Herzen zu fühlen, der dasjenige allein genoß, was zum heitern Lebensgenuß für alle Familienmitglieder ausreichend gewesen wäre.

Im Winter, im Februar des Jahres, in dessen warmer Octobernacht er vom Spieltisch unter das Fenster einer Courtisane eilte, war eine große Maskerade. Walter wünschte brennend an diesem Vergnügen Theil zu nehmen, aber der Vater sagte, als er sich eine Aeußerung dieserhalb erlaubte: Ich glaube wahrhaftig, der Junge ist toll; in Deinem Alter dachte ich noch nicht an Vergnügungen solcher Art, ich hatte genug zu thun, um mir das tägliche Brod und die Möglichkeit zum Studiren zu schaffen, es ist aber eine alte Geschichte, daß einem Jungen nichts so gut ist, als wenn ihn die schwarze Kuh drückt, er lernt dann arbeiten und sich ein sorgenfreies Alter sichern. Bengel, die früh glauben, sie dürfen auf des Vaters Börse und Arbeit rechnen, werden niemals ordentliche Männer.

Sollte es nicht vielleicht natürlich sein, sagte die Mutter sanft, jedoch wohl nicht ohne Beziehung, daß die Jugend erlaubte und schuldlose Vergnügungen genießt, damit sie im Alter Freude an häuslicher Ruhe und Behaglichkeit fände?

Meinst Du? entgegnete Herr Kühne spitz, und Du hälst auch wohl eine Maskerade im Opernhause für ein erlaubtes und schuldloses Vergnügen für Deinen Sohn?

Unser Sohn hat noch nicht viele Vergnügungen genossen, sagte Anna, und der unterdrückte Aerger zitterte in ihrer Stimme. Der Vater aber schob den Stuhl hinter sich, warf die Serviette auf den Tisch und sprach höhnisch: Gesegnete Mahlzeit und besonderen Dank für die versalzene Suppe, den

angebrannten Braten und die Mehlspeise von Hobel=
spänen.

Anna's Thränen rollten über die blassen Wangen, als der Gatte das Zimmer verließ.

Walter trat zu ihr, schlang seine Arme um ihren Nacken und zog ihr Gesicht auf seine Schulter, an dem er leise flüsterte: Weine nicht, Mutter! trage was nicht zu ändern ist, hast Du nicht mich?

Sie drückte den Sohn, den geliebten, an ihr Herz und küßte seine seidenen Locken, seine Wange, seine frischen Lippen.

Daß der Rechtsanwalt Kühne die Maskerade be= suchen würde, war unzweifelhaft.

Sein alter Martin, der Diener, der Walters Ver= irrungen der Mutter verrathen hatte, über des Vaters Wege und Abwege aber stets das tiefste Schweigen beobachtete, hatte schon seit Tagen mancherlei Gänge zu Schneider, Schuster, Friseur, ja zu der ersten Putz= macherin der Stadt, und Kisten und Cartons wurden in dem Schlafzimmer des Justizraths schon lange vor dem großen Tage des Balles aufgestapelt. —

Frau Kühne ging nie in das Zimmer, außer wenn ihr Gatte, was sehr selten der Fall war, sich unwohl fühlte. — Sie also sah von den dort aufgehobenen Herrlichkeiten nichts, aber den Augen Walters entging kein Carton, den Martin herbeischleppte.

Den Inhalt aller dieser Behältnisse zu sehen, ward dem Jüngling keineswegs so unmöglich, als der Vater meinen mochte.

Walter bog einen Nagel krumm, feilte ein wenig an der Biegung und besaß nun einen vortrefflichen Hauptschlüssel zu allen Thüren im Hause.

Abends ging der Justizrath regelmäßig Punkt 8 Uhr aus, die Stunde seiner Heimkehr war zwar minder regelmäßig, vor 11 Uhr aber kehrte er niemals heim. — Die Mutter ging um zehn Uhr, wenn der Wächter rief, in ihre Stube und schloß hinter sich zu. Das Mädchen stand dann noch mit ihrem Liebhaber, dem Unteroffizier, am Gartenzaune, trotz der Kälte und dem heulenden Winde; die Liebe wärmt von innen. Der alte Martin aber saß im Entrée auf dem Ledersopha und schlief in seinen dicken Pelz gehüllt, den störte nichts als eben der Tritt des heimkehrenden Hausherrn.

Walter schlich auf den Zehen durch seines Vaters Geschäftsbureau, durch sein Arbeitszimmer, die beide Nachts nur von außen verschlossen wurden; die Verbindungsthüren, welche aus der Wohnstube durch das Eßzimmer dorthin führten, waren stets nur zugedrückt.

An der Thür der Schlafstube stand der Jüngling still. Das Herz schlug ihm heftig. Ein Spiegel hing an der Seite, so daß das Licht, welches Walter in der Hand trug, durch denselben reflectirt wurde.

Die Helle lenkte seinen Blick dorthin, ein blasses Gesicht mit zerstörten Locken, mit Schweißperlen auf der Stirn und einem Dietrich in der zitternden Hand, starrte ihn aus dem Glase an. — Das Eisen entfiel ihm klirrend. —

Er bückte sich es aufzuheben. Am Boden lag ein Stück Papier, das er mit aufhob. Es war ein Theil von einem Briefe, die Handschrift seines Vaters. Der Sohn las folgendes Bruchstück:

lebt man, arbeitet man, wenn nicht
Wonnen der Liebe und des Genusses. Sie
Ehemann bin der Gatte einer treff=
gen beliebe. Ja! meine Kunst
das weiß Niemand besser als
thränenreichen Weiber die kühl
sind, daß man in ihrer Nähe
Sie süßes Weib, sind selbst durch
entzückend, jedes Wort ihrer Lippen
Räthsel daß ich lösen muß

Alles übrige fehlte, aber Waltern genügte dies Bruchstück vollkommen, um die Regung des Gewissens zu beschwichtigen, die ihn ergriffen, als er den Versuch begonnen, in die Geheimnisse seines Vaters einzubringen.

Er öffnete die Thür und trat an den großen Schrank, in dem Kleider und Wäsche aufbewahrt wurden.

Ein vollständiger, prachtvoll in Gold gestickter Damenanzug, das Costüm einer Orientalin, mit Turban, Schleier, goldledernen Stiefelchen und Pantalons von weißem Atlas hing dort, eine Garderobe für einen vornehmen Muselmann daneben. Walter besah das alles, Stück für Stück.

Er dachte an die Dame, die diese üppige und glänzende Kleidung tragen würde, an das Brieffragment das er gefunden, an seine blasse, sanfte Mutter und ha, wenn die wüßte! —

Er hätte diese fromme, betrogene Mutter rächen mögen, hätte den ausschweifenden Mann, der sie betrog, vor aller Welt entlarven mögen. Es war nicht sein Vater, über den er so bittern, schneidenden Groll in seinem Herzen aufkochen fühlte, es war der treulose Gatte seiner sanften, gütigen, stets gleich milden Mutter.

Und daneben wogte das heiße Blut des Jünglings auf bei den üppigen Bildern, die diese glänzende Kleidung, die jenes Brieffragment ihm vormalten.

Sein Vater, in dessen dunkle Locken sich längst schon Silberfäden mischten, der Gatte seiner Mutter, würde die Taille umschlingen, deren leichte, zierliche Wendung jenes Westchen von grünem Sammt so verrätherisch nachahmte. Er würde diesen feinen Fuß sich im graziösen Tanze bewegen sehen, er würde umsäuselt von den Klängen der fernen Musik im einsamen Cabinet, mit dem schönen geschmückten Weibe kosend, ein schwelgerisches Mahl theilen. Der Sohn drücke sich die kalten Hände an die glühenden Schläfen, um das wilde Pochen derselben zu beschwichtigen. —

So schlich er hinaus, schloß die Thür und ging in sein Zimmer. — Der Schlaf floh ihn. Er wollte, er mußte wenigstens das Weib sehen, das seiner Mutter den Gatten raubte, und das er fürchterlich, grimmig haßte. — Dies war das letzte Resultat seines Nachdenkens; welche Schritte er thun mußte, durchaus thun mußte, um das zu erreichen, darüber war er auch bereits mit sich einig. —

Nicht ganz vielleicht — die wilden Träume, die seinen Morgenschlaf durchtosten, waren wohl warnende Engel, die ihn zurückscheuchen wollten vom ersten mit Bewußtsein gethanene Schritt auf der Bahn des Verbrechens. — Er erwachte mit wüstem Hirn, mit schwerem Herzen, mit einem Gefühl unendlicher Traurigkeit. — Er sah seinen Vater in den Vormittagsstunden noch, da dieser ihn in sein Zimmer rufen ließ, um sich zu erkundigen, weshalb er den Besuch des Gymnasiums unterlassen, aber er sah, daß dieser Vater, wenn er im Schlafrock dasaß, bereits zu altern begann, daß Furchen sich um seinen Mund bildeten, die ihn sorgenvoll aussehen ließen. Er sah, daß ihm ein Vorderzahn fehlte, und daß seine Hand leicht zitterte.

Ein Wort der Liebe, jetzt ein Wort der Vaterliebe in dieser verhängnißvollen Stunde und — Walters Lebenslauf hätte einen andern Weg genommen.

Aber der Justizrath Kühne war kein Mann, dem die Worte der Liebe leicht über die Lippen gingen. —

Weshalb beliebt es Dir heute nicht das Gymnasium zu besuchen? fragte er streng.

Ich bin nicht wohl, Vater, ich habe sehr schlecht geschlafen, ich lag viele Stunden wach — hörte Dich noch nach Hause kommen, eh' ich einschlief, und dann plagten mich gräßliche Träume; als ich erwachte, war es 10 Uhr vorüber — ich würde auch im Bett geblieben sein, wenn ich nicht gedacht hätte, die Mutter möchte sich ängstigen.

Verschlafen also — sagte der Justizrath, hübsch für einen, der ans Abiturientenexamen zu denken hat in der That! Nun hör' Bursche und beherzige was ich Dir sage: benutze diese letzte Zeit Deines Schülerlebens zur Arbeit; fällst Du durch — bei meinem Leben so magst Du Soldat werden, oder Schreiber oder Schuster, von mir erhältst Du keinen Heller zur Unterstützung des Müßiggangs. Verstanden?

Die Thür zum Schlafzimmer stand offen, Walter konnte den Schrank sehen, der die Maskengarderobe enthielt, und jenes Brieffragement schien in seiner Westentasche zu brennen.

Er zuckte die Achsel, warf einen Blick auf den Vater, vor dem dieser die Augen niederschlug, und drehte sich kurz um, das Zimmer zu verlassen.

In der nächsten Sekunde hörte er, daß sein Vater ihn zurückrief, aber er ging in sein Zimmer, warf sich auf den Stuhl am Fenster und schaute die schneebedeckte Straße hinab, ohne etwas zu sehen, als die graue Eintönigkeit eines Wintertages. — Wie mein Leben, wie meine armselige Jugend, dachte er zähneknirschend, aber — das soll und wird anders werden.

Er hatte seine Mutter stets geliebt, jetzt mischte sich ein weiches Mitleid in diese Liebe, sie kam ihm so unsäglich unglücklich vor.

Abends pflegte er sonst mit ihr an einem Tische zu arbeiten. Das waren stille Stunden für den Jüngling, selige für die Mutter.

Walter war stets voll Aufmerksamkeit für sie gewesen. Er hob ihr das Knaul auf, wenn es zu Boden fiel; er küßte ihr von Zeit zu Zeit ihre liebe fleißige Hand, er legte ein Zeichen in das Buch, in welchem sie beim Stricken gelesen, wenn sie hinaus ging, um die Probschnitte zum Thee zu bereiten. Er sah ihr mit liebevollen Blicken nach, und freute sich über ihre raschen zierlichen Bewegungen und ihre feine Taille, über ihr sanftes zartes Gesicht.

Auch jetzt saß sie ihm gegenüber und er erhob den Blick von seinem Buch und sah zu ihr empor. Wie leidenvoll waren diese Züge. — Mutter sagte er flüsternd, bist Du sehr unglücklich?

Sie sah ihn fragend und erstaunt an und sagte dann milde: Eine Mutter kann nicht unglücklich sein, die von ihren Kindern geliebt wird und diese zufrieden und wacker sieht.

Aber wenn die Kinder nicht zufrieden sind, es nicht sein können? Glaubst Du wirklich, liebste Mutter, daß ich das Leben tragen kann, was ich hier führen muß?

Was drückt Dich, mein Sohn? fragte sie sanft und liebevoll.

Mutter! meine Augen gehen auf für Deine Leiden, ich bin kein Kind mehr, ich — ach der Vater führt ein abscheuliches Leben.

Sie war bleich geworden wie Papier und ihre Augen schienen einzusinken, als sie leise und mit zitternder Stimme flüsterte: Walter, ein Auge das den Vater verspottet und verachtet der Mutter zu gehorchen, das müssen die Raben am Bache aushacken und die jungen Adler fressen. —

O Mutter, rief er und warf sich ungestüm an ihre

Brust, nie, nie werde ich aufhören Dich zu lieben, Dir zu gehorchen.

Auch dann nicht, Walter, wenn Du wüßtest, daß meine Schuld des Vaters unregelmäßiges Leben erst veranlaßte?

Das werd' ich nie erfahren, würde es nie glauben, entgegnete er heftig.

Und doch mein Sohn, ist dies vielleicht — ja wahrscheinlich der Fall. — Ich habe den Vater nie geliebt, mein Herz gehörte einem Andern, als ich sein Weib wurde — wie konnt' ich da meine Pflichten erfüllen, sie so erfüllen, wie er es fordern konnte und durfte.

Der Sohn sah sie mit seinen hellen Augen an. Dieser Blick fragte vernehmlich, ob die Mutter, die er liebte, die er hoch verehrte, auch unrein, unedel sei wie der Vater. — Ach diese Augen voll Liebe, hinter deren mildem Blick der Sohn alle Tugenden eines reinen Herzens, alle Vorzüge eines hohen Verstandes vermuthet hatte, waren verschleiert und thränenvoll, ob durch Gram, ob durch Reue, das war die Frage, die er sich vorlegte, als er allein saß und an Vergangenheit und Zukunft dachte.

Ich will auch meinen Antheil an den Freuden des Lebens, sagte er fast laut vor sich hin; soll ich denn ewig verdammt sein zur Arbeit, abhängig, ein Sclave meines Vaters, der es sich wohl sein läßt, während ich darbe?

Pah! jede Creatur sucht sich Genuß zu verschaffen durch die Kräfte, die sie besitzt. Mein Vater eselt acht Stunden des Tages am Actentische, ihm sind die Spitzfindigkeiten und Kniffe, die mich anekeln würden, ein Vergnügen und durch sie erkauft er sich für den übrigen Theil seiner Zeit Alles, was nur das Leben Schönes und Süßes hat.

Das kann ich nicht, ich will es auch nicht, ich werde Mittel finden, mir auf meine Weise zu verschaffen was ich bedarf. — Hat er es doch im Ueberfluß und verwendet es nur für sich, ja er droht, mir selbst die geringe Summe zu entziehen, die er mir für mein Universitätsleben festgesetzt, wenn ich nicht ein Rabulist wie er werden will, und doch gehört mir, dem Sohn meiner Mutter, dies Haus, in dem er sich breit macht.

Er stand auf und ging auf seine Stube. Da lagen allerlei kleine, blanke Werkzeuge in einem Schränkchen, das noch meist die Kinderspielsachen Walters enthalten hatte. Es waren die Spielsachen seiner Knaben- und Jünglingsjahre gewesen, zierliche Instrumente zu allerlei mechanischen Arbeiten, Karten, auf vielfache Weise markirt und rabirt, mit denen er seine hübschen Kunststücke zu machen pflegte.

Zwei Nächte vor dem Maskenball hatte Walter in

seiner Börse vier Goldstücke und in der Tasche seines
Rockes einen kleinen wohlgearbeiteten Hausschlüssel;
beides dankte er seiner Kunstfertigkeit, so sagte er zu
sich selbst, als er aus einem entsetzlichen Traume er=
wachte, in dem er mit einem Häscher des Gerichts,
der ihn ins Gefängniß abführen wollte, auf Leben und
Tod gerungen hatte. — Er richtete sich im Bette auf,
er wischte sich den Schweiß von der Stirn, seine
Arme waren ihm wie zerbrochen, seine Brust keuchte.
Pfui! das mußte anders werden! — Er sprang aus
dem Bett und trat an's Fenster. Es war eine mond=
helle Winternacht, silberner Reif hing an allen Zwei=
gen des kleinen Gartens, in dem er als Kind mit
seinen Schwestern so oft und so gern gespielt. Unbe=
kleidet wie er war stieß er das Fenster auf und lehnte
sich hinaus, die Gluth in seinen Adern abzukühlen.

Der Mond war bleich wie das Antlitz eines Todten,
Schatten und Lichter tanzten unheimlich auf den kleinen
Gartenbeeten. Wie konnte nur seine Mutter das Alles
schön finden. Der Vater hatte Recht, wenn er sagte,
seinethalben dürfte von der Natur nur so viel existiren,
als man zum Essen und Trinken und zur nobeln Beklei=
dung braucht. Er wollte wieder auf sein Lager zurück=
kehren, da sah er eine Gestalt die Straße herab kommen
— es war sein Vater, der Mond schien auf das seibige
Haar des Zobelpelzes und ließ es glänzen, er konnte

auch die Gesichtszüge wohl erkennen und sehen, daß ein Lächeln der Befriedigung ihm um die aufgeworfenen Lippen schwebte.

Der Justizrath wollte mit seinem Hausschlüssel die Thür öffnen, der alte Martin kam ihm aber zuvor und trat heraus, seinem Herrn entgegen. — Ehe ich's vergesse Martin, sagte dieser, trag' die Sache zu Aline, morgen so früh als möglich.

Walter schloß nun das Fenster, aber er knirschte mit den Zähnen und warf sich auf sein Bett, gleich erfüllt von Neid, Haß und wilder Gier nach Genuß und Vergnügen. Ich habe meinen Vater bestohlen, das Pult eröffnet und das Geld genommen, das er sonst auch noch für seine Genüsse ausgegeben hätte, dachte er; er würde mich vielleicht dem Gericht übergeben — wenn er's bemerkte, vielleicht auch nicht, seines Namens wegen — ich will ihm nicht oft die Möglichkeit dazu geben, ich habe auch noch andere Wege, um mir die Metallstücke zu verschaffen, ohne welche man nichts ist und nichts erhält im Leben.

Der Abend des Maskenballs erschien. Die Mutter saß wie immer in ihrem einsamen Zimmer. Es sah so friedlich darin aus, als Walter eintrat. — Sie spann an einem zierlichen Rädchen, Walter kannte dasselbe von Kind auf und wußte, daß sie es sehr liebte. Das Lampenlicht fiel hell auf ihr gutes, stilles Angesicht. Eine Schale mit gebratenen Borsdorfers stand auf dem Tische und Zucker daneben, alles wie er es gern hatte, wie es ihn noch vor Kurzem so sehr erfreut hätte.

Sieh, sagte sie, und ihr Auge hatte einen so süßen Glanz, wir wollen uns auch eine Güte thun, Walter, da heute der große Maskenball ist, den Du so gern besuchen wolltest; ich habe ein kostbares Abendessen für uns Beide besorgt und hernach sollst Du mir vorlesen.

Es zuckte durch seine Seele, eine Empfindung wie der Stich eines glühenden Dolches. — Er erröthete und erbleichte, und um dem Mutterauge das zu verbergen, schlang er seine Arme um ihren Nacken, kniete neben ihr nieder und lehnte sein Gesicht an den Mutterbusen. Seine heißen Liebkosungen waren nicht ganz Heuchelei, seine Mutter war ihm unsäglich theuer, obgleich er, seit sie ihm gestand, daß sie einen andern als ihren Gatten geliebt, nicht mehr wie sonst in ihr eine Heilige sah. —

Sie beugte sich über ihn und küßte sein seidenweiches lockiges Haar, und er fühlte, daß eine Thräne aus ihrem Auge auf seine Stirn fiel.

Warum weinst Du, meine Mutter? fragte er, ohne den Blick zu ihr zu erheben.

Sie antwortete nicht, sie streichelte sanft sein Haupt.

Weinst Du um mich? fragte er von Neuem.

Warum sollte ich, entgegnete sie sehr mild, Du bist

3 *

ja mein guter Sohn, und ich weiß, Dir geschieht wohl bisweilen Unrecht, einige jugendliche Vergnügungen könnten Dir schon gewährt werden, bist Du doch ein Jüngling, und der will auch etwas von der Welt sehen.

Das Wort unüberlegter Mutterliebe klang wie eine Zustimmung zu seinem Vorhaben. Er erhob sich dreist und faßte der Mutter Hand.

Sie lächelte so unendlich liebevoll. Erinnerst Du Dich des Märchens von der verwaisten Prinzessin, die aus der hohlen Weide am Grabe ihrer Mutter sich den Ballpelz und Kutsche, Pferde und Diener holte und in der Gesellschaft erschien, zu der sie ihre Stief=schwestern geschmückt hatten? Hab' ich doch heute den ganzen Tag daran denken müssen, armer Junge! ich bin eine recht thörichte Mutter.

Er wagte nicht, ihr ein Wort zu erwidern; schwei=gend nahm er das auf dem Tische liegende Buch, es war französisch, ein Theil von Eugen Sues Martin l'enfant trouvé, er schlug es auf bei der Beschreibung des Bades Regina's, das der Kammerdiener Martin im Vorzimmer durch den Spiegel belauscht. — Seine Augen flogen über das Blatt, aber er schloß das Buch, das mochte und wollte er seiner Mutter nicht vorlesen. Sie plauderten ein Stündchen, er war zerstreut, er klagte über Kopfweh und ging früh in seine Stube.

Auch die Mutter begab sich zur Ruhe und betete

für den Sohn, während dieser mit großen Schritten auf- und abging und auf das Vorrücken des Zeigers an seiner Taschenuhr wartete, das ihm den Augenblick verkünden sollte, wo er hinaus schleichen konnte, die verbotene Lust seines Vaters zu belauschen, zu theilen. —

Er hatte sich die Maske eines spanischen Majo verschafft und bedeckte sein volles blondes Haar erst mit einer Tour von braunen langen Locken, über die er die zierliche Resilla knüpfte. — Die eng anschließende, glänzende Kleidung stand dem schlanken Körper vortrefflich. Er hüllte sich in einen Mantel seines Vaters, zog eine Pelzmütze tief über die Ohren, schlüpfte hinaus und ging auf dem knirschenden Schnee nach dem ziemlich fernen Theater.

Bald umrauschte ihn die wilde Musik eines Walzers. Die seltsamsten Paare hatten sich zusammen gefunden und drehten sich wie in einem tollen Traume vor seinen Augen.

Hier ein Tyroler mit einem Ritterfräulein, dort ein Jude mit einer Cirkassierin, Mephisto mit Donna Diana, Zerlinchen mit dem König Ingurd und Massaniello mit der Königin der Nacht.

Er mischte sich in das tollste Gedränge, er neckte rechts und links die Damen und drückte dreist die Hand, die man ihm meistens willig überließ.

Die Türkenmaske seines Vaters sah er nirgends,

noch jene schöne Damenmaske, in deren Begleitung er jenen wußte. Er verließ den Saal und schlich durch die verschiedenen gesonderten Buffetzimmer. Er öffnete alle Thüren, an denen er vorüberging. Ueberall saßen Gruppen maskirter Personen, plaudernd, trinkend, lachend, nur in den Logen befand sich zuschauendes unmaskirtes Publikum.

Dorthin zog ihn nichts, er hatte nicht einmal hinauf geblickt nach den Mädchenköpfchen, die, die schönste Decoration des Saales, sich um die Brüstungen reihten.

Er war von seiner Streiferei wieder in das Maskengewühl zurückgekehrt und lehnte an einer Säule, da hörte er hinter sich eine klangvolle Frauenstimme sagen: das ist ein hübscher Bursch, der Majo hier unten, die einzige Gestalt, welche ihre erborgten Kleider mit natürlicher Grazie trägt. Er drehte sich um, die Dame zu sehen, welche ihm so vernehmlich schmeichelte. Ha! das war die glänzende Maske, welche er suchte, das Westchen von grünem Sammet, der Turban mit der Reiherfeder, die reiche Goldstickerei in Aermel und Robe. Keine Larve, sondern nur eine leichte Florbrille verhüllte ihre Augen, ließ aber einen weichen Kirschenmund mit blendenden Perlzähnen sehen. Ein Arm weiß und voll wie aus cararischem Marmor gemeißelt, lag auf der Logenbrüstung, die Türkenmaske, die Walter nur zu wohl kannte, stand hinter der schönen Frau.

Walters Augen hingen an der verführerischen Gestalt — das war also das Wesen, das seiner Mutter den Gatten raubte. — Pah! diese oder eine andere, sein Vater war sicherlich nicht der Verführte bei dieser unerlaubten Verbindung. Sie ist schön, so schön, daß sie wohl eine Sünde verzeihlich machen kann, sagte Walter zu sich selbst, aber er — alt, finster, verdrießlich, was kann ein so schönes Geschöpf an ihm haben? —

Jetzt erkannte er auch die Stimme seines Vaters, Soll ich Ihnen nicht Ihren Pelz um die Füße legen, Aline? fragte er, es zieht eisig aus den untern Räumen des Theaters herauf.

Ich fühle mich behaglich, entgegnete sie, aber ich würde gern ein Glas Champagner trinken hier in der Loge, wenn sie es mir besorgen wollten.

Der Türke entfernte sich eilig und die Dame beugte sich nun weit über die Logenbrüstung und sagte, sich an den Majo wendend: Du stehst so stumm, hübscher Knabe, hast Du Dein Liebchen hier unter den vielen Schönen nicht gefunden?

Ich habe kein Liebchen hier noch anderswo, entgegnete Walter, dreist gemacht, und das einzige, das ich haben möchte, hat schon — nicht einen Liebsten, aber einen Herrn. —

Weißt Du wohl, daß es angenehm und natürlich ist, einen Herrn zu betrügen, wenn man einen Liebsten dadurch beglücken kann? entgegnete sie, jetzt ist mein Herr entfernt, komm zu mir, wenn Du gewandt bist.

Walter, ein geübter Schwimmer und Turner, schlang den Arm um die Säule, der die Logenbrüstung trug, schwang sich über dieselbe und saß im Nu neben der schönen Frau.

Lautes Jubeln und Bravorufen begleitete diesen Fastnachtsscherz.

Du bist jung und dreist und hübsch, sagte Aline lachend, die Welt gehört Dir.

Jetzt ja, entgegnete er und legte den Arm um ihre Taille.

Wir tanzen mit einander, sagte sie aufstehend, Maske, führe mich in den Saal hinab. —

Walter wußte nicht wie ihm geschehe, als er so plötzlich sich derjenigen gegenüber sah, die er noch vor Minuten für den Gegenstand seines Hasses gehalten. Diese Aline war ein wunderschönes, liebliches, kindlich neckisches Geschöpf, sie erwiederte seine Händedrücke, sie flüsterte mit ihm fest an ihn geschmiegt, er schwang sie im wirbelnden Tanz, es war das erste vollerblühte Weib, das er in seinen Armen hielt und sein Blut wirbelte in seinen Adern und schien sie sprengen zu wollen.

Wo mein gestrenger Herr geblieben sein mag, das ist Allah allein bekannt, flüsterte die schöne Türkin,

sich an den Arm des Majo hängend, als die Tanz=
musik schwieg.

Sehnst Du Dich nach ihm? fragte er flüsternd.
Sie drückte ihm rasch und heiß die Hand: Gewiß
nicht, aber ich möchte fort aus dem Gedränge an einen
andern ruhigen Ort, führen Sie mich in ein Buffet=
zimmer. — Er that's, er ließ Champagner durch den
Kellner bringen und drückte den Riegel vor die Thür.

Sie saßen einander allein gegenüber.

Nun genug des Scherzes, sagte sie in sehr verän=
dertem Tone, lassen Sie mich Ihr Gesicht sehen
Durchlaucht. —

Er löste die Maske, sie fuhr zurück. Sie hielten
mich für einen andern? fragte er finster.

Ja, mein Herr, entgegnete sie; ich ahnte nicht,
einem so jungen Mann gegenüber zu stehen.

Ist es in Ihren Augen ein Fehler, jung zu sein,
Madame?

Nein, gewiß nicht, entgegnete sie und es lag etwas
in dem Tone ihrer Stimme, das ihn rührte, aber es
ist vielleicht für Sie ein Unglück, so jung mir gegen=
über zu stehen.

Wer sind Sie denn, Madame?

Sie fuhr mit dem Battisttuch über das Gesicht,
die Brille fiel in ihren Schooß und ein paar Augen
funkelnd wie Stahl schauten in die seinen.

Eine berüchtigte Courtisane bin ich, junger Mann, sagte sie langsam und fest, ein käufliches Frauenzimmer, das eben jetzt von einem alten, reichen Wüstling unterhalten wird und sich einem jüngeren, reicheren in die Arme werfen wollte; verstehn Sie das, junger Mensch, der vielleicht heimlich ohne Bewilligung einer liebevollen Mutter hier ist?

Sie halten mich für ein Kind, sagte er empfindlich. —

Sie sind noch sehr jung, entgegnete sie mit traurigem Tone, Ihre Gesichtszüge haben zum Theil den Ausdruck fast mädchenhafter Unschuld, zum Theil etwas Verstimmtes, etwas das mein Mitleid erregt. Ich war einst auch jung, unschuldig, unglücklich — gehn Sie! Aline ist ein tief gesunkenes Geschöpf, aber — sie möchte nicht eine Seele verderben. —

Durch Walters Herz wogten Flammen. Die schöne verrufene Frau erschien ihm plötzlich wie eine Heilige. So mochte Magdalena geblickt haben, wie diese Aline. — Die Töne der Don Juan=Menuet zogen leise und süß aus der Ferne zu ihnen herüber. Der kostbare Blumenstrauß, den sie aus der Hand legte, hauchte Veilchen und Vanillenduft aus. Das schöne Weib ließ sich in das weiche Polster eines Sophas sinken und Walter kniete vor ihr und sie spielte in seinen Locken, wie vor wenigen Stunden seine Mutter.

Für wen hielten Sie mich? fragte er nach minutenlangem Schweigen und seine Augen hingen an den ihren.

Für den Prinzen Victor, entgegnete sie seufzend, für den reichsten Mann unserer Stadt.

Und ein armer Junge ist kein Gegenstand für Ihre Liebe? fragte er bitter.

Meine Liebe ist der Handelsartikel, von dem ich lebe, sagte sie, es hat sie, wer sie bezahlt.

Und wenn ich sie bezahle?

Stille, sagte sie, die Liebe eines so jungen und schuldlosens Herzens fällt nicht auf Wesen meines Gleichen; wäre das möglich, sie wäre an und für sich das höchste Geschenk, ein Schatz mit nichts zu vergleichen, mit nichts zu — vergelten. Gehn Sie, junger Mann, verlassen Sie diesen Ort und vergessen Sie so bald als möglich, daß Sie je in meiner Gesellschaft waren.

Aber ich habe nach diesem Moment seit Wochen gestrebt, entgegnete er, ich habe Sie gesucht, verfolgt, wenn Sie wollen, ich werde Sie jetzt nicht verlassen, ich will Sie sehen, Sie hören, ich will versuchen, in Ihrer Gesellschaft versuchen, was Leben heißt.

Er fühlte sich wie in eine andere Region des Daseins versetzt, sein Blut kreiste rascher durch seine Adern, all seine Gedanken schienen einen hohen Flug zu nehmen, das schöne seltsame Weib ihm gegenüber wirkte berau=

schend auf sein Herz und was er sagte, gab davon Zeugniß. —

So war Walters erste Bekanntschaft mit dem Weibe, in dessen Ketten sich auch sein Vater befand.

Als er am Morgen nach jener Nacht erwachte, war ihm alles, was er erlebt, wie ein entzückender Traum. Nur eins war Wirklichkeit, Gewißheit, er kannte das schönste Weib der Welt und heute noch, heute Abend sollte er sie wiedersehen.

Von da ab hatte sein Leben einen andern Impuls bekommen. Nur ein streng erzogener Jüngling, einer, den ein liebevolles Mutterauge vor Ausschweifungen behütete, kann sich so wahnsinnig, so alles vergessend, verlieben und die Wonnen einer Leidenschaft, wie sie ein Geschöpf von Alinens Art bieten kann, voll und ganz empfinden.

Er hatte ihr seinen Namen verheimlicht, er sagte ihr nichts von seinen Verhältnissen, sie nannte ihn Walter, er sie Aline, und wenn sie bei einander waren, schien es ihm selbst oft, als ob er der reine, schuldlose Knabe sei, für den sie ihn hielt.

Sie nahm keine Geschenke aus seiner Hand, ein Blumenstrauß, eine schöne Frucht waren die einzigen Gaben, die er ihr überreichen durfte, aber selbst das Herbeischaffen dieser überstieg schon bei weitem die

Geldmittel, über welche er nach seines Vaters Willen zu gebieten hatte. —

Der Winter verging und ein früher Lenz breitete seinen bunten Teppich über die Erde.

Es ward spät Nacht und so lange die Sonne am Himmel stand, durfte der Primaner Walter Kühne nicht wagen, sich in dem Stadttheil blicken zu lassen, wo Aline wohnte.

Die Schulzucht des Directors Stein war streng und die unter seiner Obhut stehenden Jünglinge durften keine öffentlichen Locale besuchen, durften nur in Familienkreisen als Tänzer auftreten, durften nicht Abonnenten in Leihbibliotheken sein, und wurden zum regelmäßigen Kirchenbesuche angehalten.

Stein selbst aber sorgte für ihre kleinen Zerstreuungen. Man führte im Winter im Gymnasium hübsche Concerte aus, spielte Comödie, ja der Director Stein gab alle Jahre in der Weihnachtszeit einen großen Ball, zu welchem die ganz jungen Töchter seiner Freunde und diejenigen Primaner und Secundaner eingeladen wurden, deren Betragen tadellos gewesen.

Walter Kühne war lange Zeit ein Begünstigter des Directors gewesen, obgleich dieser mit dem Rechtsanwalt Kühne seit Jahren verfeindet war.

Walter war der beste Schauspieler unter den Schülern, seine Mitwirkung bei den Concerten war kaum zu entbehren und hatte er sich auch nie durch Fleiß ausgezeichnet, so war er doch ein offener Kopf, der des Fleißes nicht eben beburfte, um Schritt zu halten mit der Mehrzahl seiner Commilitonen. Director Stein war der Meinung, daß der eiserne Fleiß im Studium sich in der Regel erst mit der vollen Erkenntniß von der Schönheit der Wissenschaften finde.

Möglich auch, daß Walters fast mädchenhaft anmuthiges Wesen und seine angeborne Freundlichkeit den wackern Mann bestachen, gewiß ist, daß er den Sohn seines Feindes herzlich liebte und ihn gern in seinem Familienkreise sah.

Bis zu seiner Bekanntschaft mit Alinen hatte der Jüngling sich dort auch glücklich gefühlt und seine Anhänglichkeit an seinen Lehrer und dessen Familie hatte ihm tausend wahre äußerliche Zeichen der Liebe entlockt. — Jetzt war das alles anders geworden. Er benutzte seine Liebenswürdigkeit, sie ward für ihn eine Macht, die er mit vollem Bewußtsein ausübte über seine Mutter, über den Director Stein und den alten Martin, den Diener seines Vaters und Portier des älterlichen Hauses.

Er saß in den süßen warmen Abendstunden mit dem Director und seinem Sohne in der großen Buchenlaube, im Schulgarten und sang und plauderte, bis die Nacht vorgeschritten war und Stein den Lieblings-

schüler lachend heimschickte, sich selbst scheltend, daß er
das junge Blut zu Extravaganzen verführe.

Dann schlich der Jüngling mit klopfenden Pulsen,
mit glühenden Wangen bis unter das Fenster Alinens,
eine Stunde der Nacht noch mit ihr zu verleben, die
seine Gedanken keinen Moment verließen.

Wehe dem Mann, dessen erste Liebe auf eine Cour=
tisane fällt und von ihr getheilt wird. —

Walter befand sich in dem Zustande eines steten
Fieberrausches, wie etwa ein Kind, das man mit
Champagnerschaum statt mit Milch ernähren wollte.
Wenn der Sommerwind am Kai um seine Schläfen
spielte, während er verstohlen im Schatten der alten
Gebäude dahinschlich, nichts fühlend, nichts denkend,
als daß er sie nun sehen, ihre Küsse auf seinen Lippen
fühlen werde, war ihm zu Muthe, als sei das Rauschen
der Wellen, das Flüstern des Windes, eine süße aber
betäubende Harmonie.

Nicht immer durfte er bei ihr eintreten, wußte er
doch, daß andere Männer, daß sein Vater selbst sie
besuchten. — Wies sie ihn vom Fenster aus ab, dann
fühlte er einen tödtlichen Haß gegen diesen, einen Haß,
der die Maske eines gerechten Gefühls mit Leichtigkeit
tragen konnte, denn der Mann, den er Vater nennen
mußte, betrog sein Weib, Walters ehrenwerthe Mut=
ter und verschwendete das Vermögen, das seiner Fa=

milie gehörte, indem er die Geliebte des Sohnes zur Buhlerin erniedrigte. —

Die glücklichsten Tage des dem Verderben entgegen= eilenden Jünglings waren die, an welchen Geschäfte den Justizrath von der Stadt entfernten; dann brachte er den Abend bei Stein zu und ging von dort zu Aline, gewiß, eine selige Stunde zu ihren Füßen ver= tändeln zu dürfen.

Dort saß er jetzt, die laue Luft wehte in das ge= öffnete Fenster, der Mond stand hoch am Himmel und seine silbernen Strahlen fielen auf das schöne Gesicht des verführerischen Weibes, das sich mit süßem Lächeln zu dem niederbeugte, an dessen glühender Liebe ihr vom Laster vergiftetes Herz eine Art von schuldloser Freude fand.

Wie Du bleich bist, Walter, sagte sie, seine lichten Locken um ihre schlanken Finger ringelnd; als ich Dich zuerst sah, war Dein liebes Gesicht so rosenfrisch und Deine dunkeln, tiefen Augen blickten mich so unschul= dig, fast kindlich an, als du die Larve abnahmst.

Ich habe seitdem viel gelitten, viel gedacht, mich heiß nach Dir gesehnt, entgegnete er, ihre Hände fest= haltend und heiße Küsse in die rosigen Grübchen der= selben drückend. —

Ich habe Dich verdorben, flüsterte sie und streichelte mit zitternder Hand seine weiße Stirn; o daß ich etwas thun könnte, Dich gut und glücklich zu machen, daß ich Dir ein Opfer bringen könnte, welches Dir zeigte, wie heiß ich Dich liebe.

Ich habe auch Träume der Art gehabt, sagte er düster; weißt Du, Aline, ich habe es mir ausgemahlt, daß ich fleißig studirend nun endlich mir eine Stellung erworben hätte, und vor Dich hintreten und sagen könnte: Komm jetzt Geliebte, sei mein Weib, theile mit mir die Früchte meiner Mühen. — O Aline, das Leben muß schön sein für die Glücklichen, die es in Liebe genießen können. —

Sie seufzte tief. — Das sind Träume, die ich Dir nie gestatten darf, Walter, sagte sie endlich trübe; unsere Liebe hat keine Zukunft, nur der flüchtige Augenblick gehört uns. — Ich bin acht Jahre älter als Du und wenn Du ein Mann bist, der einer Familie das erbärmliche tägliche Brod bieten kann, bin ich — lieber Gott — vielleicht in einer Krankenanstalt für unheilbar Sieche, oder wenn ich viel Glück habe, an der Schwindsucht gestorben, vielleicht auch eine Bettlerin an der Straße, oder wahnsinnig, oder — nein, werde nicht unruhig, Walter, es ist nun einmal so; aber sieh, wenn das Leben Dich gereist hat, denke meiner, was auch aus uns geworden sein mag, mit Mitleid und Erbarmen.

Er küßte ihre Hände, umschlang ihre Kniee und

blickte in ihr schönes vom Mondstrahl verklärtes Gesicht mit tiefster Leidenschaft.

Warum sollte ich nicht endlich doch mir eine Stellung erringen, die es mir möglich machte, Dich ganz mein zu nennen, sagte er warm. Weil die Liebe einer Courtisane noch keinen Jüngling zu Anstrengungen auf der Bahn des Guten brachte, weil ein Weib meiner Art nicht gemacht ist, in ein stilles bürgerliches Leben einzutreten, einen beschränkten Haushalt zu führen, zu arbeiten, zu sorgen, zu entbehren, — ja, und könntest Du mir oder ich Dir Millionen zur Gründung einer Häuslichkeit zu Füßen legen, wäre ich im Alter für Dich passend — ich könnte doch nicht Dein Weib werden, denn ich liebe Dich viel zu sehr, um Dir meine Schande zur Morgengabe zu bringen. Du hast eine Mutter, eine ehrenwerthe Frau, einen strengen harten Vater, wie würdest Du ihnen Deine Braut vorstellen: — die schöne Aline, die berüchtigte Geliebte der reichsten Wüstlinge unsrer Stadt, meine künftige Hausehre — — ah Walter — laß uns von solchen Dingen nicht mehr sprechen, komm, sieh meinen Blumentisch an, heute früh schickte ihn mir der Justizrath, mich während seiner Abwesenheit an ihn zu erinnern. Sieh, es sind lauter frische, lebende Blumen, die gehören Dir von Rechts wegen, ich setze dann später andere hinein von Dragée, von Florläpp-

chen, von Blech — von Blut und Koth — setzte sie
finster hinzu, indem sie alle Stengel der duftenden
Blüthen brach und den üppigen Strauß dem Jüng=
ling hinreichte, der sie zitternd aus ihrer Hand nahm.

Aber einst warst Du wie diese Blumen, sagte er
dann; warum fanden wir uns nicht, als Du schuldlos
und rein warst? Fluch dem Geschick, das Dich —

Stille, stille, sagte sie, die Hand auf seinen Mund
legend; mir selbst, nicht dem Schicksal mußt Du fluchen;
wähne nicht, daß ich schuldlos in's Verderben gestoßen
wurde. — Komm, setz' Dich hierher, Walter, ich will
Dir von mir erzählen, erzähle mir Du auch wer Du
bist. — Sie lehnte ihr Haupt auf seine Schulter und
begann: — Ich bin die Tochter eines Geistlichen, —
zucke nicht gleich beim ersten Wort zusammen, Kind,
ich habe ja meine Erzählung noch gar nicht einmal
angefangen. — Mein Vater war zweiter Prediger an
einer Kirche der Residenz und hatte sechs Kinder; ich
war das dritte, seine einzige Tochter. Meine fünf
Brüder sollten alle studiren und deshalb beschränkte
man sich im älterlichen Hause auf's äußerste. Nur ich
bekam so ziemlich alles was ich wünschte, war ich doch
die einzige Tochter und so schön, so lebhaft, so klug!
mein Vater vergötterte mich, meine Mutter betete mich an.

Der Amtswohnung meines Vaters gegenüber stand
der Palast des Grafen Reichenau. — Der Graf war

Witwer, sehr reich, zwar über 40 Jahr alt, aber noch schön und von stattlicher Haltung. — Er gefiel mir, dem jungen, ganz unerfahrnen Dinge. Daß er mich freundlich grüßte schmeichelte meiner Eitelkeit.

Eines Tages redete er mich auf der Straße an, nur wenige Schritte vor unsrer Hausthüre. Abends schickte er mir ein köstliches Blumenbouquet. — Meine Mutter fühlte sich dadurch geschmeichelt, meinem Vater ward es verschwiegen. — Ich stickte für Geld, um mir mein bischen Garderobe zu verschaffen; Theater, Concerte, kurz alle Vergnügungen der reichen Residenz existirten für mich nicht und doch hörte ich täglich davon sprechen, sah an den Straßenecken die bunten Anschlagzettel — wie brannte in meinem Herzen die Lust, das Alles auch zu genießen.

Da kam eines Nachmittags Graf Reichenau zu uns herüber und bat um die Erlaubniß, mich in die große Oper führen zu dürfen, wo man den Don Juan gab. — Meine Mutter gestattete es hinter dem Rücken des Vaters. Der Graf schickte mir ein rosa Taffetkleid, eine Guirlande von Hopfen, mein Haar damit zu schmücken, Handschuhe, Schuhe zur Auswahl und einen weißen Shawl.

Ich stand vor dem Spiegel und mein Herz schlug; ha, wie begierig erwartete ich den Genuß, der mir bevorstand! Siehst Du, Walter, das waren die geringen Künste, die ein reicher Wüstling anwendete, mich zu verführen. Meine Mutter machte ihm die Sache leicht, ahnete sie doch nicht worauf es abgesehen sei, und glaubte in ihrer Unerfahrenheit nicht, der vornehme Herr werde ihre bildschöne Tochter zur vornehme Dame machen.

Das ging so eine Zeit lang. Graf Reichenau versorgte mich mit schönen Kleidern, gab mir eine Theaterloge, seine Equipage stand mir zu Diensten — das war alles schön — bis eines Tages mein Vater mich im vollen Putz sah, als er eben aus seinem stillen Studirstübchen trat. Walter, das war eine böse Stunde!

Was ist das für eine Maskerade, Aline? fragte er, und sah mich mit seinen großen dunkeln Augen an. Dann faßte er meinen Arm, hob ihn empor, und besah das glitzernde Armband. Ich glaube ich träume, sagte er dann, und fuhr sich mit der Hand nach der Stirn; ich zitterte heftig.

Komm in meine Stube, Aline, flüsterte er endlich, öffnete die Thür und schob mich in den kleinen von Tabacksdampf durchzogenen Raum, in dem er den größten Theil seines Lebens zubrachte.

Er setzte sich auf den alten Lehnstuhl, stellte mich vor sich hin und betrachtete mich mit flammenden Augen. Woher ist dieser Putz? Seide, Edelsteine, wie kommt meine Tochter dazu? —

Die Mutter trat ein, sie hatte etwas von dem Vorfalle gesehen und kam mich zu schützen. Vater, sagte sie, steh' dem Glück unsers Kindes nicht im Wege, der Graf Reichenau liebt unsere Aline, er beschenkt sie sehr reich, er zeigt sich öffentlich mit ihr — er wird sich gewiß bald erklären —

Mein Vater blickte die thörichte Frau strafend und mitleidig zugleich an.

Geh hinauf, Aline, sagte er dann, und zwei Thränen rannen langsam über seine Wangen, geh hinauf, lege diese Livree der Schande ab, bring mir alles, was der Graf — ach mein Gott! Dir geschenkt, ich werde es ihm wiederschicken.

Ich that, wie er geboten — höre Walter, mitten im Gefühl meiner Schmach, trotz der Furcht vor meinem Vater, war mir's leid, daß ich das Vergnügen, zu dem ich mich geschmückt, nicht genießen sollte. Das enge Häuschen meiner Aeltern, der Tabacksrauch, die armseligen Geräthe, das war mir alles in den Tod verhaßt, und — damals war ich 17 Jahre alt.

Am Abend des Tages kam mein Vater zu mir in mein Stübchen. Er setzte sich mir gegenüber und sah mich traurig an. Dann reichte er mir die Hand über den Tisch. Eine kleine bleiche Hand, der goldene Trauring stak am Zeigefinger, weil er für den vierten zu groß geworden war. Aline, sagte er, und seine

Stimme bebte, ich frage Dich um nichts, ich will Dich nicht beschämen, kein Vorwurf soll über meine Lippen kommen — ich bin schuldiger als Du, armes Kind, denn ich hätte Dich bewachen, Dich warnen sollen. — Aline, was auch geschehen ist, oder noch geschehen kann, vertraue mir. Graf Reichenau ist ein verruchter Wüstling, ich darf Dir nicht erst sagen, fliehe ihn — er ist bereits nach Italien gereist, wie mir dieser Brief mittheilt. — Ich bete für Dich, mein armes Kind, und kann Dir nur dies eine sagen: bete und arbeite. — Er stand auf, küßte meine Stirn und ging. Ich nahm den Brief und las:

Hochehrwürdiger Herr!

So groß meine Leidenschaft für Ihre Tochter auch ist, so sehe ich ein, daß Sie Recht haben. Wenn Sie diese Zeilen erhalten, bin ich bereits auf dem Wege nach Neapel. Möge Aline in den Armen eines edeln Gatten den Traum vergessen, den die Verhältnisse nie zur schönen Wirklichkeit werden lassen.

G. v. R.

Reichenau hatte mich sehr schnell aufgegeben. Daß er mich nicht heirathen würde, hatte ich immer gewußt, aber auf seinen Schutz, auf seine Stützen hatte ich gerechnet. — Was sollte ich im Vaterhause? für 2 Groschen täglich Stickereien fertigen, der Mutter beim Plätten und Waschen helfen? dem armen Vater in's vergrämte Gesicht sehen, wenn sein Blick auf mich fiel? Ich knirschte bei dem Gedanken an Reichenau. — Der elende doppelte Verräther. — Ich brütete Tag und Nacht über Pläne für meine Zukunft. — Im Vaterhause konnte — mochte ich nicht bleiben. Das Gefühl meiner Schande und der brennende Durst nach Genuß, beides machte mir den Aufenthalt dort unerträglich. Ich wollte Schauspielerin werden.

Meine Mutter wüthete, wenn sie an Reichenau dachte, mein Vater behandelte mich ungefähr als ob ich an einer schweren, ansteckenden Krankheit gelitten, liebevoll aber mit einer Art von Scheu. Meine Brüder gingen ihre Wege, wir hatten nie viel Gemeinschaft miteinander gehabt.

Auf die Straße kam ich fast gar nicht; es war der strenge Befehl meines Vaters, daß ich das Haus nur in seiner Begleitung verlassen durfte.

Endlich erkrankte ich. Ein Arzt ward gerufen, ein Freund meines ältesten Bruders. — Walter! das war der Wendepunkt meines Lebens. — Der junge Arzt — ich nenn' ihn Dir nicht, denn ich habe seinen Namen später nie mehr ausgesprochen, — war schön, gut, geistreich, bereits auf dem Wege, in der Residenz sich einen bedeutenden Namen zu machen. Als ich genaß, lebte ich durch seinen Blick — es war meine erste Liebe, Walter, meine einzige, bis ich Dich kennen lernte. O das waren Tage! hätte ich die Vergangenheit aus meinem Leben streichen und nur eine Woche lang die schuldlose, sittenreine Jungfrau sein können, für die er mich hielt, ich wäre gern am Schlusse derselben gestorben.

Eines Abends kam er zu mir. Er war erhitzt und auf seiner Stirn klopfte eine volle Ader.

Aline, sagte er plötzlich, Du weißt, daß ich Dich liebe, willst Du mein Weib werden?

Ich fiel ihm um den Hals und sagte: Ja! Er zog mich an sein Herz, küßte meine Stirn und flüsterte dann: ich weiß, daß Du rein bist, was auch die Verleumdung Dir nachsagt; diese Züge, diese Augen können nicht lügen. — Ich fühlte mein Blut zu Eis werden.

Am folgenden Tage kam mein Vater zu mir. Aline, sagte er, der Doctor wirbt um Dich, ich habe nein gesagt.

Warum? fragte ich tonlos.

Weil Du keines rechtlichen Mannes Frau mehr werden darfst. Jede Handlung eines Menschen hat ihre natürlichen Folgen, die er tragen muß; trage Du die Folgen der Deinen, lebe als ein einsames Weib, ein Leben der Reue, der Arbeit, der Entbehrung.

Also das war die Vergebung, die Freundlichkeit, das Mitleid meines Vaters. —

Ich raste, als ich mich allein fand, ich klagte Gott, das Geschick, die verkehrten Einrichtungen der Welt an. Reichenau, der Bösewicht, der mich betrogen, lebte in Glück und Ehre; ich sollte durch ein ganzes Leben der Reue die Schuld büßen, zu der er mich verleitet hatte.

Der Arzt betrat unser einsames Haus nicht mehr. — Mein Vater hatte ihm mein Verhältniß zu Reichenau erzählt. Er verließ die Residenz, schloß sich einer Gesellschaft gelehrter Männer an, die Südamerika bereisten, und ist jetzt ein gar großer, berühmter Mann, dessen Namen ich manchmal in den Zeitungen lese. Laß Dir's sagen, Walter, der Name giebt mir heute noch einen Stich in's Herz.

Aber Reue — nein, die fühlte ich nicht, Schmerz, Gram, Groll durchtobten meine Seele und vor allem fühlte ich mit unsäglicher Bitterkeit meine Ohnmacht. Ein Mann hat immer und immer die Kraft, sich selbst zu helfen; ich war eine elende Gefangene, gefangen im Vaterhause und verachtet von denen die mich hätten lieben und beschützen sollen, und da sie es nicht gethan, mir verzeihen mußten; denn die Fehltritte eines kaum 17jährigen Mädchens sind immer Schuld der Eltern.

Die Fenster meiner kleinen Stube gingen nach dem Kirchhofe, eine alte Linde beschattete sie. Da saß ich oft und blickte auf den stillen Platz und grollte mit dem Schickſale. Der Gedanke hier gefangen zu ſein, bis das Alter ſeinen grauen Schleier über mich geworfen, machte mich faſt wahnſinnig. — Im Frühling wuchs das Gefühl, ſo muß dem eingekerkerten Vogel zu Muthe ſein, wenn die Sonne in ſeinen Käfig ſcheint. — Freiheit, Freiheit um jeden Preis wollte ich haben; und ſo öffnete ich einſt in einer ſchwülen Mitternacht das Fenſter und ſchwang mich in die Zweige der Linde. Von da auf den Boden zu kommen war leicht, eine Viertelſtunde ſpäter flog ich durch die Straßen.

Ich war nun frei, aber ohne Obdach, ohne Brod. — In Reichenau's Geſellſchaft hatte ich einigemal das Theater beſucht. Ich ging in der Morgenſtunde zu einem der Dirigenten der Vorſtadttheater — ich wollte bei ihm eintreten.

Du lieber Gott — ich ſollte Paß und Taufſchein und noch hundert andere Legitimations=Papiere beibringen, ohne die er gar nicht daran denken könne mich zu engagiren. Ich ging von ihm, Gallenbitterkeit im Herzen. — Dicht an der Thüre ſtand ein Mann, deſſen Geſtalt mir bekannt vorkam, er wandte ſich, als er meinen Schritt hörte, und ich ſah in Reichenau's Geſicht.

Ich haßte den Menſchen — o und ich hatte guten Grund dazu, aber ich folgte ihm dennoch, ließ mir von ihm Wohnung, Mobilien, reiche Kleider, kurz alles das geben, was das Leben erträglich macht, und — betrog ihn, hatte er mich doch auch betrogen, da ich schuldlos war und an ihn glaubte.

Eines Tages saß ich allein und langweilte mich mit einem Roman, da trat meine Zofe ein und meldete einen alten Herrn, der sich durchaus nicht abweisen lasse, aber ihr auch nicht seinen Namen sagen wolle. — Eine Minute später stand mein Vater vor mir. Er war sehr gealtert und sein weniges Haar eisgrau geworden.

Aline, sagte er, ich habe nach Dir geforscht und gefragt, jetzt endlich habe ich Dich gefunden; kehre zurück mit mir, meine einzige Tochter, bereue, bleibe auf dem Wege der Tugend, es soll mir kein Opfer für Dich zu schwer sein, ich will meine Stelle aufgeben und mit Dir an einen entlegenen Ort ziehen, wo man uns nicht kennt, laß den Sündensold im Stiche. — —

Die Tugend giebt keinen Sold, sagte ich, drum will ich denn schon im Dienste der Sünde bleiben.

Der alte Mann bebte und weinte, sprach von dem entsetzlichen Ende ruchloser Weiber und von Lohn und Strafe in der Ewigkeit.

Das will ich abwarten, antwortete ich ihm, was aber das entsetzliche Ende der ruchlosen Weiber be=

trifft, so kann es gar nicht entsetzlicher sein, als das der tugendhaften, wenn sie arm sind. Oben in diesem Hause wohnen drei alte Schwestern, die eine ist blind geworden von der Anstrengung ihrer Augen, bei den Arbeiten für's Brod, die andere liegt seit vier Jahren im Bett, ganz kindisch, die Tugend hat sie elend und albern gemacht, die dritte wartet die beiden, und alle drei wären wohl schon verhungert, wenn mir die Sünde nicht die Mittel verschafft hätte, ihnen beizustehen; überdies ist es mir möglich geworden, ihnen durch die Vermittlung eines Mächtigen, der mir wohl will, Unterstützung aus öffentlichen Fonds zu verschaffen, die ihnen ohne meine Sünde in alle Ewigkeit verschlossen geblieben wären.

Mein Vater sah mich an, es lag etwas in seinem Blick, das mir durch's Herz ging; ich warf mich ihm zu Füßen, und er zog mein Haupt an seine Brust und flehte: komm mit mir, Aline.

Da schlang ich meinen Arm um seinen Hals und sagte: Lebe wohl, Vater, für ewig. Ich kann Dir nicht folgen, kann nicht die büßende Magdalena spielen, der Schmuzfleck in Deinem Hause, der Fußstoß meiner Brüder sein, laß mich meinen Weg gehen, mich führt doch jeder Weg in's Verderben, so gönne mir wenigstens den bunten Flitter, der meine Lust ist. Sieh, Du kannst Dich in Bücher vergraben und in dem blauen Rauch Deiner Pfeife die Schönheiten des griechischen Alterthums sehen; ich bin eine Zigeunernatur, ich brauche Geräusch, bunte Farben, glänzende Kleider, um nur heiter athmen zu können; vergiß, daß Du eine Tochter hattest, Deine Söhne werden Dir Ehre machen.

Ich will Dich nicht in Schande leben lassen, entgegnete er hastig, Du sollst mir folgen, noch habe ich väterliche Gewalt über die Unmündige.

Gut, sagte ich, brauche sie, rufe die Hülfe der Polizei an, laß Deine verrufene Tochter mit Gewalt in Dein ehrbares Pfarrhaus zurückschleppen — daß ich nicht unter Euch bleibe, wenn Ihr mich nicht an Ketten legt, erkläre ich Dir fest. — Wird das Consistorium einen Geistlichen im Amte lassen, der solches Aergerniß durch sein Kind giebt? werden meine älteren Brüder ein Amt bekommen? wie wird das Leben im Hause sein, wo Du die Tochter binden mußt, wo ihre Verirrungen zum Gespräch für die jüngeren Brüder werden?

Er stand auf — ich werde nicht Gewalt gegen Dich brauchen, sagte er, aber die Thür meines armen Hauses wird bei Tag und Nacht offen stehen, die reuige Tochter zu empfangen.

So ging er.

Sie schwieg eine Weile, Walter starrte vor sich nieder.

Das bin ich! sagte sie, graut Dir vor dem Bilde, armer Junge?

Nein! nein und abermals nein! entgegnete er, ihre Kniee umschlingend. Du hast mit dem Leben gekämpft, wie ich mit ihm kämpfen muß, es ist nur ein Unterschied zwischen uns: Dich liebte Dein Vater, der meine haßt mich.

Aber Du hast eine Mutter die Dich liebt, Walter.

Er zuckte die Achsel. Meine Mutter fürchtet meinen Vater so sehr, daß sie mir nicht einen Trunk Wasser reichen würde, wenn er das verböte. Sie ist mir wenig, kann mir wenig sein, da sie keinen eigenen Willen hat, und wisse, sie ist die Gattin des Justizrath Kühne.

So bist Du dessen Sohn, sagte sie, und eine dunkle Röthe überflog ihre Wange.

Er erschrak vor dem Ausdruck ihres Gesichtes, als er zu ihr aufblickte.

Geh jetzt, flüsterte sie, geh Walter, ich flehe Dich an, geh Walter und laß mir Zeit mich zu fassen, zu besinnen.

Am Morgen nach dieser Nacht stand Walter in seiner Stube, im Begriff seine Bücher zu ordnen, da hörte er im Flur eine Stimme, die er kannte, die sein Mark erschütterte, nach seiner Mutter fragen. — Eine Minute darauf trat der Justizrath, der unerwartet in früher Morgenstunde heimgekehrt war, aus seinem Arbeitszimmer — denn auch er hatte die Stimme Alinens nur zu wohl erkannt.

Beide standen einander erschrocken gegenüber.

Aline faßte sich zuerst. Ich muß Ihre Gattin sprechen, sagte sie fest.

Sind Sie des Teufels — meine Frau wollen Sie sprechen, Sie, Aline, fragte Kühne, dem es eisig durch die Adern rann.

Ja, entgegnete sie kalt.

Sein Sie keine Thörin, kommen Sie in mein Zimmer flüsterte er, kommen Sie und sagen Sie mir, was Sie von meiner Frau wollen.

Ich habe einen Edelstein gefunden, der Ihrer Frau gehört und möchte ihr denselben wiedergeben, sagte sie finster.

Sie reden wohl in Gleichnissen, entgegnete er lachend.

Ja! wenn's beliebt.

Und unter dem Edelsteine meinen Sie mich etwa. —

O behüte, was ich will und meine, kann ich nur Ihrer Frau sagen, lassen Sie mich zu ihr, denn es handelt sich um — nun vielleicht die ewige Seligkeit eines Menschen.

Ich glaube Sie sind des Teufels, Aline! wie Sie aussehen, wie Ihre Augen funkeln! wollen Sie mich bei meiner Frau verklagen?

Nein, sagte sie mit wilder Ungeduld, aber — sei es in Ihre Hand gelegt, soll ich Ihre Frau sprechen oder nicht?

In Ewigkeit nicht, entgegnete er, das sollte mir fehlen, bleiben sie ein wenig bei mir und fahren sie dann nach Hause, bei meiner Frau haben Sie nichts zu thun.

Sie stützte den Kopf in die Hand und plötzlich rieselte ein Thränenstrom aus ihren Augen.

Kühne blickte sie erstaunt, versteinert an; Sie, Aline, Sie haben Anfälle von Sentimentalität, sagte er mit sardonischem Lächeln.

Nein, entgegnete sie finster, aber von Reue — und ich sehe die Zeit heranschleichen, da Verzweiflung an meinem Herzen fressen wird. Ueber ihr Haupt komme, was aus der Verweigerung dieses einen Gesprächs mit Ihrer Gattin entsteht.

Es komme über mein Haupt, entgegnete er gelassen, Weiber sind Weiber, aber daß Sie, Aline, solche tolle Stunden haben, wäre mir nicht in den Sinn gekommen.

Es ist nun vorüber, sagte sie keck, und erhob sich um fortzugehen.

Walter stand im Flur, sie warf ihm einen koketten Blick zu und sagte laut zum Justizrath, der sie begleitete: Ihr Sohn ist ein bildhübscher Knabe — warum bringen Sie ihn nicht einmal zu mir?

Sie machen den Burschen eitel, Gnädigste, entgegnete er, aber seine Zeit gehört noch seinen Studien.

Von dieser Zeit an war das Verhältniß zwischen Walter und Aline des Schmelzes entkleidet, der demselben anfangs eigen gewesen.

In ihrer Gesellschaft, in ihrem Hause lernte der Jüngling jetzt zweideutige Weiber, ruchlose Männer kennen; sie wußte, daß er spielte, mit Glück spielte, ja daß er die Mittel kannte, dem Glück nachzuhelfen. Sie nahm werthvolle Geschenke auch von ihm an und fragte nicht wie er dazu gekommen. Hatte sie doch den Jüngling der Mutter und durch diese dem Guten wiedergeben wollen, und der eigne Vater hatte das gehindert. Jetzt war er ihr Eigenthum und sie wollte ihn behalten so lange als möglich.

Den Sommer hindurch hatte das gewährt; das Abiturienten-Examen Walters, das im Herbst hatte stattfinden sollen, war auf seinen Wunsch auf Ostern verlegt. Die Mutter betrübte sich darüber, der Vater höhnte.

Da schlug dem alten Diener, der längst die Unregelmäßigkeit im Leben des jungen Herrn kannte, das Gewissen. Martin machte die Mutter auf manche Dinge aufmerksam, ließ sich von ihr den Auftrag geben, den Sohn zu beobachten und theilte ihr mit, was sie dem Vater zu sagen für unerläßlich hielt.

Der Justizrath war in sein Zimmer gegangen; dort warf er sich auf einen Stuhl und wilde und finstere Gedanken durchkreuzten sich in seinem Hirn.

Sein Sohn war sein Nebenbuhler! — kein Zweifel daran. Er hatte bei Alinen das goldene Blumenkörbchen gesehen. Sie kannten sich lange vielleicht schon. — Vielleicht war Walters Herz der Edelstein gewesen, den damals — vor Monaten nun — Aline der Mutter hatte wiedergeben wollen. —

Ein eisiges Grauen vor sich selbst, vor dem Leben, schlich durch die Seele des gealterten Sünders. Was sollte er zu seinem Sohne sagen, wie ihn entfernen von dem verführerischen Weibe? fragte das Vaterherz, das in der verhärteten Seele doch nicht ganz erstorben war.

Und dann durchzuckte glühende Eifersucht all seinen Fibern. Walter war jung, schön, liebenswürdig — ach, Aline lachte mit dem Sohn über den betrogenen Vater.

Denn wieder trat die entsetzliche Lage vor seine Seele; wie kam der streng gehaltene Jüngling zu dem Gelde? er spielte ja! er spielte vielleicht falsch, er bestahl seinen Vater — eiskalter Schweiß trat auf die Stirn des Mannes, der noch vor wenigen Augenblicken für die Angst der Mutter nur höhnende Redensarten gehabt hatte. Es war ja doch sein einziger Sohn! sie hatte wohl Recht gehabt, Anna! arme Mutter. Er stand auf und ging im Zimmer auf und ab. — Wenn diese Frau, der er mit seiner Hand das höchste Glück des Lebens zu bieten geglaubt, ihn wirklich und von Herzen geliebt hätte — es wäre vieles anders gewesen in seinem Leben. Wenn sie, anstatt ihn gleichgültig seiner Wege gehen zu lassen, sich bei seiner ersten Verirrung mit Thränen an seine Brust geworfen hätte — wer weiß — wie sie heute einander gegenüberständen.

Aber Aline! was hatte sie damals bei seiner Frau gewollt? Aline, so schön sie war, so geistreich und pikannt, sie war doch nur eine Buhlerin, ein käuflich Weib, das er verachtete — und in ihren Händen war Walter.

Er muß fort von hier, der Junge, sagte er laut, fort, das muß anders werden, aber erst muß ich wissen, wie weit das alles gediehen ist.

Halb angekleidet warf er sich auf sein Lager und ein bleierner Schlaf sank gegen Morgen auf seine Augen.

Walter ging indeß auch unruhig in seinem Zimmer auf und ab.

Aline war ihm nicht mehr, was sie ihm noch vor Wochen gewesen; jetzt traf ihn ihretwegen das Schlimmste was er kannte, den Schmerz seiner Mutter.

Hätt ich sie nie kennen gelernt, flüsterte er vor sich hin; ich bezöge jetzt die Universität, wäre frei vom einsamen Joche des Vaterhauses und lernte die Welt und ihre Freuden kennen. Er, er allein hat an allem

Schuld, er mein Vater, der Wüstling, der Schlemmer und Verschwender. Fluch ihm!

Dann setzte er sich nieder und dachte an seine Vergangenheit. — Diebstahl, Betrug, Lüge lag auf seiner jungen Seele und seine Liebe zu Alinen kam ihm vor, wie die Büchse Pandorens, aus der sich alle Sünden und Leiden emporgehoben.

Wie sollte er es anfangen, um seine Mutter zu beruhigen?

Daß sie mit dem Vater wegen dieser Angelegenheit sprechen würde, glaubte er nicht: er verließ sich auf ihre Güte nicht einmal so fest als auf ihre Furcht vor dem Gatten, denn wohl fühlte er, daß echte Mutterliebe zu jedem äußersten Mittel greifen mußte, um den Sohn zu retten.

Ich verreise auf drei Tage, sagte der Justizrath am nächsten Morgen, erwartet mich nicht vor dem Sonntage Abend.

Der alte Martin packte einige Kleidungsstücke in die Reisetasche, die Herr Kühne selbst bis zur Post tragen zu wollen erklärte.

In der Vormittagsstunde trat er so bei Alinen ein; sie war noch nicht zu sprechen und er rief Rose ihr Mädchen, und hatte mit dieser eine heimliche Unterredung.

Sie werden heute Nacht sich unter einem guten

Vorwande die Erlaubniß einwirken, abwesend sein zu dürfen, befahl er ihr und ein Goldstück, das er ihr in die Hand drückte, sicherte ihm die Verschwiegenheit der Dirne.

Außer der hübschen Rose hatte Aline nur noch eine alte taube Hausmagd, die in einer abgelegenen Kammer des Hinterhauses schlief; was auch gesagt werden mochte in der nächsten Nacht, an ihr hatte man keinen schwatzenden Zeugen zu fürchten.

Anna war während des Tages still und traurig, sie sprach nicht mit Walter, weil sie dem Jünglinge nicht sagen mochte, daß sie von seinen Verirrungen bereits mit dem Vater gesprochen. — Der alte Martin aber verschloß und verriegelte Abends die Hausthür und legte sich auf sein Lager in der Portierstube — er wollte es verhindern, daß Walter das Haus verließe und allerdings hütete sich dieser wohl, die Thür zu passiren, welche der Verräther bewachte.

Das Stübchen Walters lag im oberen Stock, ein Giebelzimmer mit der Aussicht in den Garten, aber schon vor Wochen hatte er sich eine treffliche seidene Strickleiter angefertigt und ungehindert kletterte er hinab und war eine Viertelstunde später bei Aline.

Daß er sie ganz allein fand, war ihm angenehm, durfte er doch nun nicht das Ohr der hin und wieder eilenden Rose bei den Mittheilungen, die er zu machen hatte, fürchten.

Es brannte in dem zierlich eingerichteten Lokale, das Aline bewohnte, nur eine geschirmte Lampe. Sie stand auf einer Console von Marmor neben dem Lehnstuhl, auf welchen Walter sich geworfen hatte, während Aline in einem langen, weitem Kleide von schwarzem Taffet auf und ab ging. Sie hatte einen schwarzen Spitzenschleier leicht um die dunkeln Locken geknüpft und horchte mit gespannter Aufmerksamkeit der Erzählung des Jünglings.

Du bist also sehr betreten, sagte sie endlich, als er schon eine Weile schwieg, weil Deine Mutter weiß, daß Du, statt zu studiren, Deine Nächte mit lustigen Cumpanen und in Gesellschaft einer schönen Frau zugebracht.

Du spottest, Aline, entgegnete er verstimmt, würdest Du wissen, ahnen, wie gut meine Mutter ist, wie tugendhaft, Du würdest meinen Schmerz begreifen können.

Ich begreife ihn sehr wohl, sagte sie, rascher auf- und abschreitend, doch kann ich Dir nur das Eine sagen; Die Vergangenheit ist bei jedem Menschen, er sei jung oder alt, etwas Feststehendes, Dein Schmerz, Deine Reue kann sie nicht ändern. Die Jugend hat aber die Zukunft in ihrer Hand, sie benutze, um die Thränen Deiner Mutter zu trocknen. Wirf Dich ihr zu Füßen, gestehe ihr alles, sieh mich nie wieder, rühre keine Karte mehr an, widme Dich ernstlichen Studien, so wird Dir, denk' ich, die Bekanntschaft mit mir eher genützt als geschadet haben, und heute über ein paar Jahre werden die Freudenthränen, welche diese Mutter über den reif und weise gewordnen Sohn vergießt, die heutigen Kummerzähren wett machen.

Du spottest, Aline!

Wer sagt Dir das, Walter? bist Du nicht ein Mann und ist es den Wesen Deines Geschlechtes nicht immer möglich, auf die Bahn der Tugend zurückzukehren, während unser Eins durch einen einzigen Schritt für ewig von derselben ausgeschlossen ist.

Und was würdest Du empfinden, wenn ich Dich verließe, Aline?

Zuerst einen heftigen Schmerz, den ich über kurz oder lang jedenfalls empfinden muß und dann das nagende Weh des Bangens einige Wochen lang, bis die Zeit Deine Abwesenheit zur Gewohnheit gemacht.

So liebst Du mich also nicht mehr?

Ah bah! lieben — ich bitte Dich — sei kein Kind, Walter! Die Liebe eines Weibes wie ich kann Dir nichts Anderes sein, als eine vorübergehende Anregung; ich selbst werde mich zu fassen wissen, wenn kommt was kommen muß. Ich habe Dich geliebt! das hat bei mir eine zweifache Bedeutung; einmal, Deine Jugend, Deine Schönheit, Deine Leidenschaft belebten

neu meine fast erstorbenen Sinne; dann aber auch warst
Du mir wirklich theuer, wirklich und wahrhaftig! ich
möchte Dir Glück geben um jeden Preis. Meinst Du,
ich würde an das was ich verliere denken, wo es sich
um Dein Glück — um Deine Zukunft handelt? —
Ich habe Dich schlecht gemacht, ich habe es angesehen,
daß Du auf dem Wege zur Hölle rüstig vorwärts
schrittest, so lange ich fähig war Dir diesen Weg mit
Blumen zu schmücken; jetzt sag' ich Dir selbst: kehr um!
denn Du sollst nicht an sein schreckliches Ziel kommen,
da Du in jedem Augenblicke ablenken kannst. — Wer
geht da im Flur? das kann nur Rose sein, die früh
von ihrem Ball heimgekehrt, oder —

Ich bin es, Madame, sagte der Justizrath leise in
die Thür tretend, ich! vermuthen Sie meinen Besuch
nicht? Sie wissen doch, daß ich einen Schlüssel zu
diesem Hause stets bei mir zu führen pflege. Sieh da,
Sie haben Gesellschaft und der junge Herr scheint
mir nicht fremd zu sein.

Ich bin es, Sie irren sich nicht sagte Walter, keck
vor den Mann hintretend, den er jetzt noch mehr haßte
als fürchtete.

Du Bürschchen! wohl, ich wußte Dich hier; bleibe
ruhig bis die Reihe an Dich kömmt; vor der Hand
habe ich nur mit Madame zu sprechen, Madame, welche
die frechste feile Dirne ist, die je den Schandpfahl zu

zieren bestimmt war, da sie ein solches Rencontre möglich macht. Da ich indeß meinet= und Deinetwegen, Junge, die Dame hier nicht dem Gericht übergeben kann, so werde ich ihre Züchtigung selbst übernehmen. Er trat bei diesem Wort rasch auf Aline zu und gab ihr mit einer Reitpeitsche, die er in der Hand hielt, einen Schlag in's Gesicht.

Kein Laut kam über die Lippen des Weibes, sie leistete keinen Widerstand. Starr wie eine Statue von dunkelm Marmor stand sie, und nur an den Augen, die erst wild funkelten, dann plötzlich sich mit Thränen füllten, hätte man sehen können, daß sie lebte.

Walter war vorgesprungen, um den Schlag mit seinem Arm aufzufangen. Doch hatte der Justizrath zu fest und sicher gezielt, der Schlag traf! aber im gleichen Moment hatte auch Walter ihm die Peitsche aus der Hand gerissen. Eben so rasch und mit dem Gefühl ingrimmigen Hasses, das seine jugendliche Kraft verzehnfachte, packte er den Justizrath an der Kehle und schleuderte ihn in die Ecke. Er fiel mit dem Kopf gegen die Marmorconsole, die Befestigung derselben gab nach, Console und Lampe stürzten klirrend und krachend zu Boden, dichte Finsterniß herrschte in dem Zimmer, da die geschlossenen Jalousien selbst das geringe Licht der Herbstnacht ausschlossen.

Ein tiefes Stöhnen war der einzige Laut, der sich

hören ließ, einmal, zweimal, dann war alles so still wie im Grabe.

Walter stand ohne sich zu rühren, fast ohne zu athmen, wie lange — wußte er nicht. Aline war in die Knie gesunken.

In den Herzen Beider wogten Gefühle, deren ätzende Bitterkeit, Gott Lob, nur wenige Menschen kennen lernen. — Vor den innern Augen Alinens stand das kleine Stübchen ihres Vaters. Sie sah deutlich, als ob er vor ihr stände, das sanfte bleiche Gesicht des Vaters und hörte seine Worte: Die Thür des Vaterhauses wird der reuigen Tochter immer geöffnet sein. — Ach, seit Jahren schon war ihr Vater mit Jammer in die Grube gefahren, und sie war weiter, immer weiter fortgeschritten auf der Bahn des Lasters. Was konnte der nächste Moment bringen? Tausend Bilder aus ihrem Leben rollten sich in der Dunkelheit, hell beleuchtet von dem Lichte der Erinnerung, in einem Momente vor ihr auf.

Walter indeß horchte auf die tiefen Wehlaute, die sich nicht wieder erneuerten. War das Aline, die nach der rohen Mißhandlung so stöhnte?

Er wollte sich zu ihr wenden und stieß mit dem Fuß an einen bewegungslos vor sich am Boden liegenden Körper. Licht, machen Sie Licht, Aline! sagte er dumpf. Dann, als sie nicht antwortete, besann er sich, daß er selbst ein Feuerzeug bei sich trug und rasch eines der kleinen Wachslichtchen entzündend, warf er bei dem bläulichen Scheine desselben einen entsetzten Blick auf das was ihn umgab.

Am Boden, dicht vor seinen Füßen lag — sein Vater lang ausgestreckt, der Kopf hing in einer seltsamen Stellung über der Marmorplatte der auch am Boden liegenden Console. Die Lippen waren blau und die offenen Augen starrten groß nach oben.

Mit bebender Hand zündete Walter die Kerzen auf dem Armleuchter an, der immer auf Alinens Schreibtisch stand. — Aline lag noch auf den Knieen und über das schöne todtenbleiche Gesicht zog sich eine blutrünstige Schmarre. Der Justizrath regte sich nicht.

Aline, sagte Walter, Aline, um Gottes willen, er ist ohnmächtig, helfen Sie mir ihn zur Besinnung bringen.

Sie richtete sich empor wie aus einem Traum erwachend.

Ohnmächtig, flüsterte sie heiser, und ich soll ihm beistehen? nein! und könnte ich ihn durch einen Wassertropfen vom qualvollsten Tode erretten, von mir würde er ihn nie erhalten.

Walter versuchte nun allein dem am Boden Liegenden beizustehen.

Er richtete ihm den Kopf empor und sah in die

gebrochenen Augen. Er legte die Hand auf die Stirn — sie war eiskalt.

Ein furchtbarer Gedanke durchzuckte ihn: und wenn nun sein Vater todt wäre? wenn die schwere Marmorconsole ihn erschlagen? wenn er sich die Hirnschale an derselben zersprengt hätte?

Eiskalter Schweiß trat auf seine Stirn, die Verzweiflung gab ihm Riesenkraft und machte es ihm möglich, den schweren Körper allein auf das Sopha zu legen. Er holte Wasser, flüchtiges Salz, Hirschhorngeist. Die Zeit floh mit grauenhafter Eile, die Uhr im Zimmer hatte schon zweimal geschlagen, Mitternacht und die erste Stunde, und da lag immer noch regungslos, eiskalt mit gebrochenen Augen, das was vor kurzem noch ein lebender Mensch gewesen war.

Er war todt! o mein Gott, er war todt! die Ueberzeugung ließ sich nicht mehr zurückweisen und Aline stand dabei kalt wie Eis, unbeweglich wie ein Fels.

Holen Sie einen Arzt, bat Walter mit flehender Stimme, holen Sie einen Arzt, damit alles geschehe was Menschenkraft vermag, um ihn zu retten.

Sie lächelte, es war ein furchtbares Lächeln. Den rettet keines Arztes Kunst mehr, sagte sie, und ihre Stimme war klar und fest. Er ist todt, Walter, gestorben, indem er ein Weib mißhandelte.

Geh nach Hause, Knabe, dieser Tod macht Dich

frei und Deine Mutter, geh nach Hause und überlaß mir die Sorge vor der Welt natürlich erscheinen zu lassen, was das Werk eines rächenden Gottes war, der hier wie so oft in der Gestalt des Zufalls auftrat.

Ich hab' ihn ermordet, flüsterte Walter hohl. Thor, entgegnete sie, geh nach Hause, ehe ein Zeuge Dich hier sieht, fort, fort mit Dir und warte ruhig ab was geschehen wird.

Walter schwankte durch die Straßen, er kletterte wie ein Nachtwandler an der Strickleiter empor und warf sich auf sein Bett. Als der Morgen anbrach, tobte ein wildes Fieber durch seine Adern.

Seine Mutter kam zu ihm, sie sprach ihm Trost ein, man schickte nach dem Hausarzte.

Der Vormittag verging und in der Mittagsstunde ward der Gerichtsdirector und der erste Geistliche der Stadt bei der Justizräthin gemeldet.

Der alte Martin trat todtenbleich und die Hände ringend mit beiden Fremden in das Zimmer. Madame, o mein Gott, sagte der Greis schluchzend, er ist gestorben, in seinen Sünden gestorben, im Hause jenes gottverfluchten Weibes. Der Schlag hat ihn dort gerührt. Anna glaubte in einem fürchterlichen Traume zu sein, aber allmälig machte sich die schwere Wirklichkeit bei ihr deutlich.

Ihr Gatte war plötzlich in der Nacht, im Hause eines schönen, von ihm ausgehaltenen Weibes gestorben, wahrscheinlich in Folge eines heftigen Zankes mit ihr, vom Schlage gerührt. — Träger brachten die Leiche, der Gerichtsdiener versiegelte sein Arbeitszimmer, der Geistliche sprach der erstarrten Frau milden Trost ein, der alte Martin begleitete den traurigen Zug nach dem Schlafzimmer des Verstorbenen und half die Leiche auf das leere Bett legen.

Nachmittags kamen die Aerzte, Gerichtsbeamten und Zeugen, die Leiche sollte obducirt werden, um die Todesart genauer zu ermitteln.

Was sie gefunden hatten, erfuhr die Gattin nicht, wohl aber erfuhr die Stadt, daß jenes verrufene Weib, Aline, gefänglich eingezogen sei und daß der Verdacht des Mordes über ihr schwebe.

Justizrath Kühne wurde beerdigt, ein ungeheurer Zug folgte seiner Leiche. Sein einziger Sohn lag todtkrank. Ein Testament war nicht vorhanden, der Sohn und die Mutter erbten; man war in der Stadt neugierig wie viel er hinterlassen haben mochte.

Am Nachmittag des Begräbnißtages trat der alte Martin an das Bett Walters. Er sah so traurig aus der Greis und so ängstlich, er beugte sich über das todtenblasse Gesicht des Kranken und flüsterte ihm zu: Schaffen Sie Ihre Strickleiter fort, Ihre Dietriche,

Ihre gezeichneten Karten, Herr Walter, das Gericht wird Haussuchung bei Ihnen halten.

Walter fuhr empor. Was sagst Du, Alter? fragte er mit heiserem Tone. — Schaffen Sie alles fort, was einem Menschen den Glauben beibringen könnte, daß Sie in der Nacht, da der Herr starb, aus dem Hause gewesen sind. Schaffen Sie auch alles fort was an Ihr vergangenes Leben erinnern kann. Ach Gott, allbarmherziger Gott, wenn Ihre arme Mutter auch noch den Schlag erleben sollte!

Der Alte verließ das Zimmer. Walter sprang aus dem Bette. Er verbrannte die Strickleiter im lustig prasselnden Ofenfeuer, das Martin vorher angemacht hatte. Er verbrannte alle seine Karten, alle Briefe und Zettelchen Alinens. — Dann legte er sich tödtlich angegriffen und zitternd nieder. Da durchzuckte ihn ein Gedanke — wo war seine Mütze? sie hing nicht an ihrem gewöhnlichen Platze, er war sich dunkel bewußt, sie in jener furchtbaren Nacht auf die Marmorconsole gelegt zu haben — dort hatte er sie vergessen, sein Name, Walter Kühne, stand darin.

Seine Mutter trat ein, sie war so bleich; sie beugte sich über ihn und die guten Augen sahen den Sohn so unendlich liebevoll an. Walter, sagte sie, mein Sohn, mein theueres Kind, Du warst zu Hause in der Todesnacht Deines Vaters? Du warst nicht bei dem schrecklichen Weibe, wo er umkam?

Warum fragst Du mich das, Mutter, weshalb sollte ich dort gewesen sein?

Weil, o Gott, großer Gott! es kann Dir mein Sohn doch länger kein Geheimniß bleiben, weil Deines Vaters Tod das Werk eines Frevels, einer Mißhand= lung ist, sein Hirnschädel ist zerschmettert und der Halswirbel gebrochen.

Es rann eisig über die Haut des Schuldbewußten und wer hat ihn so zugerichtet? fragte er flüsternd.

Die schreckliche Frau gesteht ein, daß sie ihn von sich geschleudert, als er ihr einen Peitschenschlag in's Gesicht versetzt.

Und welche Strafe wird die Unselige treffen?

Das weiß ich nicht, an's Leben kann man ihr nicht, aber —

Und sie sagt, sie selbst habe —

Ja, sie gesteht das ein, aber ihre Kammerjungfer sagt aus, es sei ein Mann bei ihr gewesen, sie habe ihn fortgehn sehen als sie eben vom Ball heimgekehrt sei.

Walter drückte den Kopf an das Kissen. Ihm war zu Muthe als ob die Krallen, die er in seinem Herzen seit Tagen fühlte, sich tief, immer tiefer in dasselbe eindrückten.

Die Mutter saß weinend an seinem Bette, draußen schlug die Uhr 4, die Stunde wo seine Jugendgenossen die Schule verließen und das alte Glockenspiel sang eine bekannte Kirchenmelodie.

> Erzittre vor dem ersten Schritte,
> Mit ihm sind auch die andern Tritte
> Zu einem schweren Fall gethan,

summte es in sein Ohr und dazwischen glaubte er Alinens Stimme zu hören: Ein Mann kann immer umkehren auf der Bahn des Lasters, nur für ein Weib ist keine Umkehr möglich. O, wohin hatte die Bahn des Lasters sie beide geführt. — Keine Umkehr, keine Umkehr gab es mehr, weder für ihn noch für sie.

So lag er lange fürchterliche Stunden, die Mutter saß still an seinem Bette und wischte den Schweiß von seiner Stirn und reichte ihm von Zeit zu Zeit einen Trunk Wasser. O, daß der Tod kommen und ihn erlösen möchte aus diesem Zustande grauenvollster Qual. Das war der einzige Gedanke, dessen er sich klar bewußt wurde. Dann verwirrten sich seine Vorstellungen, vielleicht schlief er ein, vielleicht umgaukelten ihn Fieberphantasieen.

Er sah Aline in ihrer schwarzen Kleidung im Gefängniß. Sie saß auf einem ärmlichen Stuhl und stützte die Hand auf den vor ihr stehenden Tisch. Ihre großen Augen blickten matt und die Lippen zuckten von Zeit zu Zeit. — Sie sprach: Er horchte, um die Worte vernehmen zu können. — Muth! Muth! flüsterte sie, das wird und muß alles vorübergehen. Trag ich nicht das Zeichen seiner schnöden Mißhandlung im Gesicht, sollte ich warten bis er dieselbe erneuerte? — ich hab' ihn von mir geschleudert wie ich es mit einer Schlange, die mich verletzte, auch gethan hätte. —

Walter öffnete bei diesen Worten seine Augen, an seinem Bette saß der Director Stein, der seiner Mutter soeben von Alinen erzählte. Sie ist ein ebes so schönes als entsittlichtes Geschöpf, fügte der alte Schulmann hinzu, aber ihre Schönheit, ihr Geist und ein gewisses Etwas in ihrem Wesen, das man fast heroisch nennen könnte, interessirt die Richter für sie; man sagt, sie opfere sich für einen andern, der die That gethan, eine Frauenhand könne —

Anna unterbrach ihn leidenschaftlich — und warum sollte noch ein anderer in diese furchtbare Geschichte verwickelt werden? sagte sie und ihre Stimme zitterte.

Warum? ei theure Frau, entgegnete Stein, Gerechtigkeit auch gegen Schelme und Sünder! dies gefallene Weib erdulde die Strafe ihrer eigenen Sünden, deren wohl schon genug sind; es sind zuviel Zeichen vorhanden, daß ein dritter, ein Mann jenen Todschlag begangen, jenen Dritten zu ermitteln ist Pflicht der Justiz.

Aber sie selbst gesteht —

Sie opfert sich, um jemanden zu retten, der ihr theuer ist; solche verrufene Personen haben in ihren angefaulten Herzen oft noch einen großen Vorrath von Liebe; das wußte der Erlöser, der Magdalenen gestattete, seine Füße zu salben und zur Ehebrecherin sprach: Geh hin und sündige nicht weiter.

Walter war bei vollem Bewußtsein, ihm entging kein Wort von diesem Gespräch und er sah in dem Gesicht seiner Mutter einen furchtbaren Schmerz, ja eine Angst sich malen, deren Grund er sich nicht erklären konnte.

Aber ist es nicht besser, sagte sie endlich und ihre bleiche Lippe zitterte, wenn dies Wesen, das schon lange allen Lastern verfallen ist, allein die Folgen jener letzten schweren That trägt, als wenn noch ein Dritter sie mit ihr theilen müßte, ein Dritter, der vielleicht noch zu retten, noch auf die Bahn des Guten zurückzuführen wäre?

So glaubt sie selbst und darum bleibt sie so fest bei ihrer Aussage, und darin liegt eine Hoheit des Charakters, die jedem Menschenkenner zeigen muß, daß auch sie noch auf die Bahn des Guten zurückkehren kann, ja, daß sie auf dieselbe zurückgekehrt ist.

Und welches kann möglicher Weise die Strafe des unglücklichen Weibes sein? Zuchthaus — vielleicht drei, vielleicht zehn Jahre, ja, vielleicht lebenslang.

Die Augen von Anna Kühne hatten mit einem Ausdruck tödtlicher Angst an den Lippen des Sprechers gehangen, und eine glühende Röthe verbreitete sich auf ihrem Gesicht und machte tödtlicher Blässe Platz, als er schwieg.

Walter sah das, er sah die Hände seiner Mutter zittern; sah, daß sie krampfhaft ihr Trauerkleid auf dem Schooße mit den Fingern zerdrückte, und er erkannte jetzt, wie in einem Spiegel, was in ihrem Herzen vorging: — Sie wußte, daß er, daß ihr einziger Sohn, den Tod seines Vaters herbeigeführt hatte.

Bei dieser Ueberzeugung war ihm zu Muthe, als ob plötzlich ein Strom siedend heißen Schmerzes durch sein Herz rann, als ob ein Licht vor ihm aufflammte, das gräßlich hell seine ganze Vergangenheit beleuchte. O, seine Mutter, seine arme, sanfte, tugendhafte Mutter!

Director Stein war aufgestanden, er hatte mit theilnehmenden Freundesworten von der gebeugten Frau Abschied genommen, hatte seine Hand auf die Locken seines kranken Schülers gelegt und dann das Zimmer verlassen, ohne daß Walter darauf geachtet. Sein ganzes Ich hing an dem bleichen, schönen Gesicht seiner Mutter, auf dem sich der bitterste Kampf und das tiefste Seelenleiden aussprach.

In diesem Moment fühlte der verlorene Jüngling, daß er sie mehr als alles in der Welt liebe und das Gefühl war wie ein Sonnenstrahl, der einen von den schwärzesten Wolken verhüllten Horizont plötzlich durch-

brechend die entsetzliche Finsterniß der grauenvollen Dunstgebilde erst deutlich zeigt. Nacht! Nacht! gewitter=
schwarze Nacht rings um ihn her. Die Nebel, in denen er gewandelt, in denen er sich behaglich gefühlt, die er nie durch ernsten Willen zu durchbrechen, nie durch verständiges Nachdenken zu erleuchten gestrebt, sie hatten sich jetzt zusammengeballt zu furchtbaren Gewitterwolken. Er hatte den Wind gesäet um den Wirbelwind zu ernten.

O meine Mutter, meine arme Mutter! Er hatte es laut ausgesprochen und im gleichen Moment lag sie an seinem Bett auf den Knieen.

Walter! Walter! mein Kind, mein einziger Sohn, es war Deine Hand, die Deine? sagte sie, und faßte seine Rechte, die bebend und fieberheiß in einem Moment und eiskalt im nächsten, in ihren zusammengefalteten Händen lag.

Er konnte nicht antworten, seine Zunge bebte, aber sein Auge sprach und endlich flüsterte er leise und heiser: Er schlug ein Weib, Mutter, ein schutzloses Weib und meinetwegen schlug er sie.

Anna richtete sich empor, sie stand einen Moment aufrecht neben dem Bett ihres Sohnes, sie schien ihm größer als sonst und in ihren Augen lag eine angstvolle Feierlichkeit. Eine Frage beantworte mir noch, mein Sohn, sagte sie und ihre Stimme bebte: war es nur um ihretwegen, daß Du Deine Hand erhobst gegen Deinen Vater? nur weil er sie mißhandelte?

Mutter, er schlug sie meinetwegen, mußte ich sie nicht schützen vor der Widerholung seiner Brutalität?

Ich danke Dir, mein Gott! flüsterte die unglückliche Frau mit einem Blick nach oben, so hast Du wenigstens nicht die Last des Bewußtseins auf mein Herz gelegt, daß mein Leid und meine Klagen die Hand des Sohnes gegen das Haupt des Vaters geschleudert.

Sie setzte sich jetzt wieder an das Bett des Unglücklichen und sah ihm mit tiefer Mutterliebe in's Gesicht. Erzähle mir alles, Walter, sagte sie dann sanft, Du bedarfst eines Menschenherzens, in das Du die Lasten des Deinen ausschütten kannst.

O, sie hatte Recht! der Jüngling fühlte, daß ihm nur die Wahl blieb zwischen Selbstmord und offnem Bekenntniß, von dem Augenblicke an, wo er körperlich und geistig wieder fähig geworden, die Lage zu beurtheilen, in welche Schuld und Schicksal ihn versetzt.

Langsam, mit bebender Stimme begann er seine Erzählung und das horchende Ohr der Mutter vernahm vieles, was vor dem Urtheil des Mutterherzens die Schuld des Sohnes milderte.

In ihren Augen war, als Walter geendet, der Tod ihres schuldigen Gatten, durch die Hand des schuldigen Sohnes, die furchtbare aber gerechte Strafe

Gottes die sie Alle gleich schwer und gleich verdient getroffen hatte, denn auch sich selbst hielt die gebeugte Frau für mitschuldig an dieser schrecklichen Katastrophe, einmal, weil sie nicht genau genug auf den Lebenswandel ihres noch so jugendlichen Sohnes geachtet hatte, dann aber auch, weil sie die Ausschweifungen ihres Gatten, die ihr stets bekannt waren, wenn gleich sie seinem Thun nie nachforschte, keinen Damm entgegengesetzt hatte, und endlich weil sie diesem Gatten, dessen moralische Versunkenheit sie zu beurtheilen fähig war, wie einem rechtlichen Mann, wie einem weisen Vater, die Schuld des Sohnes anvertraut hatte.

Walter war nach dem langen, anhaltenden Sprechen in ein nervöses Zittern verfallen, das sich endlich in einem tiefen und sanften Schlaf beruhigt hatte.

Die Mitternacht hatte ihren Sternenmantel über die Welt gebreitet, und der am Tage gefallene Schnee lag silbern über der Erde.

Das Stübchen, in dem der Jüngling lag, sah so traulich aus, so heilig fast, wenn man das Auge der Mutter betrachtete, deren unerschöpfliche Liebe den Schläfer bewachte, ach und doch war dieser kleine Raum der Schauplatz der schmerzlichsten Kämpfe, die das menschliche Herz auf dieser Erde zu kämpfen hat.

Anna wußte schon seit zwei Tagen, daß der Schlag, der ihren Gatten getödtet, von der Hand des Sohnes geführt worden war. Walters Träume und Phantasieen hatten ihr das furchtbare Geheimniß verrathen. Jetzt wußte sie, daß ihr Sohn kein Vatermörder vor dem Gesetze war, aber sie wußte auch, daß das Leben des Jünglings für immer durch Schuldbewußtsein vergiftet sei, und daß er entweder eine neue schwere Schuld mit Bewußtsein auf seine Seele laden, oder sich selbst den Gerichten überliefern, eine entehrende Strafe erleiden und in den Augen aller seiner Mitmenschen als Vatermörder gebrandmarkt dastehen mußte.

Ein Drittes gab es auch noch — ein Drittes, das zu denken sie sich kaum erlauben mochte und das ihr doch so lockend zu winken schien, wie ein weiches Lager dem Müden — der Tod!

Sie stand vom Bette ihres Sohnes auf und trat an's Fenster.

Wie glänzten die Sterne so hell am Himmel, der früh alle seine winterliche Schönheit gewonnen hatte.

Dort im Osten, nahe am Horizonte noch, erhob sich Orion, dessen Silbernebel, dessen glänzender Gürtel die Freude ihrer Winternächte schon als Kind und Jungfrau gewesen war.

Mit welchen Hoffnungen hatte sie ihn betrachtet, als jugendliche Braut dessen, der jetzt in seinem blutigen Grabe lag. Mit welcher Sehnsucht hatte ihr

Auge zu ihm emporgeblickt, als sie nach der Trennung von dem später Heißgeliebten in dem Verlobten aus der Jugend nur den Gegenstand erkannte, an den sie beschworne Pflichten fesselten. Und später, als sie täglich mehr in dem Gatten, dem sie ihre Jugendliebe geopfert, den wüsten, kalt berechnenden Weltmenschen kennen lernte, da war der Aufblick zu jenem flammenden Sternengürtel oft, o, wie oft ihr Trost in Momenten gewesen, wo die Verzweiflung ihr zugeflüstert, daß das Opfer ihrer Liebe, ihrer Lebenshoffnungen, das sie dem Begriff der Pflicht gebracht, ein ganz verfehltes gewesen sei. — War doch ihr Besitz dem Manne, neben dem sie ihr Leben hinschleppte, nichts, gar nichts, weder eine Freude, noch eine Stütze, noch ein Trost gewesen, und doch flüsterten die Sterne, dort oben ihr sonst oft vornehmlich und tröstlich zu, daß sie ihm Alles sei, was einem solchen Mann ein seelenreines Weib sein kann. — Nichts von seinem Herzen erwartend, bedeckte sie seine Ausschweifungen vor den Augen der Welt, erfüllte alle Forderungen die er an sein Weib machte, mit musterhafter Treue und Pünktlichkeit und erhielt ihrem Sohne den Glauben an des Vaters Achtbarkeit und Tugend.

So hatte sie gewähnt — jetzt blickte sie empor zu den Sternen mit der furchtbaren Gewißheit, daß ihres einzigen Sohnes Leben vergiftet ward durch des Vaters

Beispiel, das er nur zu wohl gesehen, daß die Gift=
pflanzen des Lasters, die sie verdeckt hatte, statt sie
auszureißen, fortgewuchert und schreckliche Früchte ge=
tragen hatten. Sie rang ihre zitternden Hände empor
zu den glänzenden Sternen und fragte sie und sich,
was sie hätte thun müssen um diesem Elende vorzu=
beugen? was sie jetzt thun solle um den zu retten, der,
wenn auch tief gefallen, doch sicherlich noch viel mehr
unglücklich als schuldig, und ach ihr einziger Sohn, ihr
unendlich theurer als das eigne Ich war?

Sie war bei diesen Gedanken auf die Knie gesunken,
es war eine Frage die ihr zitterndes, zerrissenes Herz
an den richtete, der die Sterne in ihren Bahnen erhält,
während er dem Menschen die Möglichkeit des Irrens
gestattete. — Es war ein Angstruf, der jammervolle
Angstruf aus den Irren des Lebens, den Er, der die
Sterne führt und hält, vernimmt, auch wenn er wie hier
lautlos nur im Innern eines zerrissenen Herzens bebt.

Was sollte sie thun?

Sie trat an das Bett des Jünglings und sah in
das Gesicht, dessen Schönheit ihr Mutterauge so oft
erfreut hatte. Er lag so still, so bleich da, die Augen=
lider bleifarbig, und um den Mund, den ein leichter
Flaum umkräuselte, zeigte sich ein Zug von Angst und
Bitterkeit, den selbst der Schlaf nicht wegwischen konnte.
O wie oft hatte sie sonst am Bette dieses Schläfers

gekniet und gebetet, daß Gott ihr das theure Leben erhalten möge. — Heute fühlte sie, daß der Tod für ihn das höchste Glück sei. — Sterben! o sterben ist süß für den, dem das Leben nichts mehr zu bieten hat als Schande und Elend.

Sterben, von der Mutter Arm umschlossen, das junge Haupt an das Mutterherz gelehnt, das mit dem seinen zugleich erkaltete, und der Schande entgehend, mit seiner Mutter vor Gott treten: das konnte ihr Walter. — Sie besaß — ein Erbe ihres früh verstorbenen Bruders, der sich viel mit chemischen Studien beschäftigt hatte — ein Fläschchen, das ein schnell und schmerzlos tödtendes Gift enthielt. Es lag verschlossen in einem Fach ihres Pultes, zu dem sie den Schlüssel tief verwahrte, damit Niemand die Tod bringende Substanz auch nur sehen sollte. — Dies Fläschchen! — in ihrem Leben hatte es Zeiten gegeben, wo es ihr ein zuverläßlicher Freund, die letzte sichere Zuflucht geschienen hatte.

Sie erhob sich von ihren Knieen, ihr Entschluß war gefaßt. Die stille bemüthige Frau hatte keine Furcht vor dem finstern Grabe und keine irdische Hoffnung band ihre leidende Seele an das Leben, das trotz seiner Mängel auch dem Aermsten, dem Elendesten sonst schön erscheint, wenn er es verlassen soll.

Geräuschlosen, aber festen Schrittes ging sie in ihr

stilles Zimmer, öffnete ihr Pult und nahm die verhängnißvolle Phiole aus dem Fach, wo sie nun schon viele Jahre lag, den Geist, der die Macht hat, die unsterbliche Menschenseele von ihren irdischen Fesseln zu lösen. Ihre Hand zitterte nicht, als sie das Fläschchen ergriff. Sie hob es ans Licht, betrachtete die krystallklare Flüssigkeit, die in dem geschliffenen Glase glänzte und verbarg es in ihrem Busen. Dann kehrte sie zu Walter zurück, der noch immer in tiefem Schlummer lag.

Liebevoll blickte sie in das Gesicht des Schläfers, setzte sich dann nieder und schrieb:

Im Begriff, vor das Angesicht Gottes zu treten, erfülle ich die letzte mir obliegende Erdenpflicht, indem ich dem Gericht die Anzeige mache, daß es mein mit mir sterbender Sohn Walter war, welcher den unglücklichen Schlag führte, der seinem Vater den Tod gab. Tief bereuend übergiebt er seine Seele Gott, dem gerechten und milden Richter, der nicht bloß die Thaten, sondern auch die Gedanken und Gefühle richten kann. Der Demoiselle Aline, die die Schuld meines Sohnes auf sich nahm, danke ich für diese Großmuth und verzeihe ihr sterbend von ganzem Herzen, was sie in Bezug auf mich gefehlt; möge Gott meinem Sohne und mir vergeben, wie ich ihr.

Anna Kühne.

Es schlug 4 Uhr, als sie diese Zeilen geschrieben, und sie fühlte sich vor Ermattung beben; so streckte sie sich denn auf dem Sopha neben Walters Bette nieder und entschlief so ruhig, wie es ihr seit jenem Abende, da sie ihres Sohnes Vergehungen zuerst entdeckt hatte, nicht mehr vergönnt gewesen war.

Als sie erwachte, dämmerte der Morgen. Ruhig ordnete sie ihre Kleider und bereitete das Frühstück für sich und ihren Sohn — zum letztenmal.

Ein Zweifel nur bewegte noch ihr Herz: sollte sie Walter tödten ohne es ihm zu sagen und so seiner jugendlichen Seele die Todesfurcht fern halten? Hatte sie das Recht, ihm die Wohlthat des Todes zu erzeigen ohne seine Einwilligung?

Ehe sie entschlief, war sie dazu fest entschlossen gewesen; wenn ich ein Verbrechen begehe, so komme die Strafe des Allgerechten und Barmherzigen über mein Haupt, hatte sie sich selbst gesagt: unbewußt und ahnungslos gehe er schlummernd ein in die Ewigkeit. Jetzt, da der Morgen grau und kalt in's Fenster schaute, begann dieser Entschluß zu wanken. Dieser Jüngling der sich früh schon so weit verirrte vom Wege des Guten, auf dessen jugendliche Seele die kurze Zeit seines Erdenlebens schon so viele Flecken gedrückt hatte — war er fähig und reif, bewußtlos vor Gott zu treten? bedurfte er nicht der Reue um sich zu reinigen, mußte

sein Tod nicht ein freiwilliger sein, wenn er ein süh=
nender sein sollte? —

Auf dem kleinen Tisch an Walters Bett stand wohl=
geordnet das Kaffeegeräth. Die Spiritusflamme brannte
unter der kochenden Maschine, der Wintermorgen blickte
mit glänzendem Sonnenauge in den stillen gemüthlichen
Raum. — Der schuldige Sohn erwachte und mit zit=
ternder Hand legte die verzweifelte Mutter das Kryftall=
fläschchen, das ihn der Strafe des irdischen Richters
entziehen sollte, auf das Theebrett. Es gab einen
schrillen, seltsamen Klang!

Was hast Du da? was ist Dir, Mutter, liebe,
herzliche Mutter? fragte der Erwachte sich rasch auf=
richtend.

O, wie sah das Leben so frisch und warm aus den
jungen Augen, wie glühte es auf den geöffneten Lippen!

Walter, sagte sie und bedeckte die Phiole mit der
zitternden Hand, was hast Du zu thun beschlossen?

Ich weiß nicht, Mutter, aber im Schlafe sah ich
wieder Aline — es ist sehr großmüthig von ihr, daß
sie mich nicht nennt, ich denke, sie können ihr nicht viel
anhaben, ich denke —

Willst Du sie Deine Schuld tragen lassen?

Nein, Mutter, ach Gott nein, ich will mich ange=
ben, wenn Du meinst, ich dachte nur an Dich, als ich
es nicht that.

Sie sah ihn lange und schmerzlich an, dann fragte sie bebend: fürchtest Du den Tod nicht, mein Sohn?

Er erröthete und erbleichte sichtlich; sie können mich nicht tödten, Mutter, nein, o Gott nein, sagte er fast schreiend. Gott, Gott, sie können mich nicht tödten, denn es war ja nur ein Zufall, daß er auf die Console fiel und daß diese dann herunter schmetterte und ihn todt schlug. Mutter, Mutter, sag', könnten sie mich dafür tödten?

Fürchtest Du den Tod so sehr, mein Kind?

Bin ich doch kaum 21 Jahr alt, o und das Leben ist so süß.

Auch für Dich noch, mein Kind, für Dich, den das Zuchthaus erwartet, auf dessen Seele das Bewußtsein lastet, den Vater getödtet zu haben?

Er drückte die Hände vor die Stirn; darum, eben darum, meine Mutter! o der Tod ist schrecklich! sag' nicht, daß sie mich tödten können, ich will lieber im Gefängniß leben, und wenn mein Kerker noch so finster, als sterben —

Sie hatte das Fläschchen in ihre Hand genommen und steckte es lautlos in ihren Busen.

Dann trat sie an's Fenster und schaute hinaus in den sonnenhellen Wintertag. Sie fühlte, daß diese Seele nicht reif sei zum Tode und wenn Walter leben wollte, so hatte sie noch Pflichten, die ihr zu sterben verboten.

An dem Abende dieses Tages führte man den Jüngling in's Gefängniß.

Es war ermittelt worden, daß er in jener Nacht bei Alinen gewesen, alle Verirrungen seiner Jugend deckte der gegen ihn eingeleitete Criminalprozeß auf, aber er ermittelte auch, daß der Tod des Justizraths nicht im Willen des Sohnes gelegen. Es ward ermittelt, daß die Marmorconsole in Alinens Zimmer mit zu dünnen Eisen befestigt gewesen, daß diese nachgegeben, als der taumelnde Körper an sie stieß und daß endlich die stürzende Console mit einer Ecke auf den Schädel des am Boden liegenden gefallen war.

Aline ward freigesprochen, jedoch angewiesen, die Stadt zu verlassen, in der sie die Veranlassung zu einem so entsetzlichen Ereigniß gewesen.

Walters Urtheil lautete auf 4 Jahre Zuchthaus.

Es war ein göttlich schöner Tag im Mai. Kein Lüftchen regte die blühenden Zweige in dem uralten Garten, der das verfallene Schloß der Johanniter-Comthurei zu Sonnenburg umgiebt. — Unter einem dieser Bäume saß auf einer Steinbank ein Mann mit silberweißem Haare. Die trophische Sonne hatte das Angesicht desselben gefärbt und man sah es der noch immer kräftigen und stattlichen Gestalt an, daß sie allen Klimaten Trotz hatte bieten können.

Er war nicht allein. Ein Kind stand vor ihm, ein Mädchen von höchst auffallendem Aeußern.

Das junge Geschöpfchen war schlank und fein gebaut, wie das Reh des Waldes. Lange dunkle Locken fielen in reicher Fülle auf die zierlichen Schultern, große braune von seidenen Wimpern beschattete Augen, ein Mund mit Purpurlippen und blendend weißen Zähnen und eine fein geformte Nase bildeten zwar ein schönes Gesichtchen, das noch verschönert wurde durch den Ausdruck höchster Sanftmuth und Freundlichkeit, doch hatte dies liebliche Gesichtchen eine Färbung, die der Norden nicht erzeugt, bräunlichgelb und wie der vollreife Pfirsich auf den sammetnen Wangen von weicher Röthe durchschienen. Sie trug ein Kleidchen von hellblauem Kattun und einen runden Strohhut und sah in ihrer einfachen Tracht seltsam, fremdartig, fast unirdisch aus.

Man hat nach Dir geschickt, lieber Vater, sagte die Kleine, ich glaube ein Kranker bedarf Deiner, wenigstens verstand ich so; willst Du dem armen Mann nicht die Blumen mitnehmen?

Ja, Maria! entgegnete aufstehend der Vater, indem er aus der Hand des Mädchens einen Strauß duftiger Maiglöckchen und Hyazinthen nahm.

Beide gingen nun zusammen durch den Garten und über die kleine Brücke des Lenzebaches bis an eine hohe weiße Mauer, in welcher der Vater ein Pförtchen mit einem Schlüssel öffnete, den er bei sich trug, jedoch daſſelbe auch ſorgſam wieder verſchloß.

Der Platz, auf dem ſie ſich jetzt befanden, war überwogt von grünem, weichen Graſe, in dem die blauen Blümchen des Ehrenpreis und der goldgelbe Stern der Butterblume blühte. Einzelne noch junge Birken ſtanden in gleichen Entfernungen von einander und die Sonne ſchien freundlich durch ihre grünen Schleier auf den grünen Raſen.

Eine Frau in tiefer Trauerkleidung ſtand dort neben einem Manne, der eine Art Uniform und einen Degen an der Seite trug. Hier, Madame, ſagte der Letztere hier kommt der Herr Prediger; wenden Sie ſich mit jedem Anliegen, das Sie auf dem Herzen haben, dreiſt an ihn, er iſt der beſte Mann von der Welt und hat ſchon viel Leiden geſehen; was er für ſie thun kann, thut er ſicherlich gern.

Die Frau machte einige Schritte dem Geiſtlichen entgegen, aber als ſie nun vor ihm ſtand und die Augen in ſein ſonnenverbranntes Geſicht blickten, da wankte ſie, griff wie eine Stütze ſuchend mit den Hän=
den in die Luft und wäre zu Boden geſunken, wenn nicht ihr Begleiter ſie feſtgehalten hätte.

7*

Der Geistliche sah die Ohnmächtige mit theilnehmenden Blicken an und auch in seinen Zügen malte sich eine Ueberraschung, die seine Kraft zu überwältigen drohte.

Anna, theure Anna, sagte er im Tone mildester Güte, als sie die Augen aufschlug und große Thränen über ihre Wangen rannen, hier sehen wir uns wieder!

Hier! sagte sie, hier mein Jugendfreund! auf dem Platz, wo die Elendesten der Erde doch zuletzt auch Frieden finden, auf dem Kirchhof der Verbrecher! Dennoch nehme ich es als ein Zeichen des Trostes an, daß ich Sie hier finde, Sie, den ich am entgegengesetzten Ende der Erde, den Heiden das Evangelium predigend, wähnte.

Ich bin seit einem Jahre zurückgekehrt, sagte der Prediger, und seit wenigen Tagen erst habe ich meine Stellung als Geistlicher an der hiesigen Strafanstalt angetreten. Es litt mich nicht mehr dort, wo ein ewiger Frühling auf eine ewig blühende Erde lächelt, seit ich mein Weib in diese Erde senkte; es zog mich nach der Heimath und ich nahm meinen einzigen Reichthum, das Andenken an meine Anna, ihre Tochter, hier diese kleine Maria mit in mein Vaterland.

Die Justizräthin Kühne, denn sie war die Frau in Trauer, beugte sich und küßte die Stirn des kleinen Mädchens; dann aber reichte sie ihrem Jugendfreunde, dem früheren Missionär Eduard Walter, die hagere blasse Hand, die dieser mit Herzlichkeit drückte. Was aber führt Sie hierher, an diesen Ort des Elends. Sie, die des Glückes so würdig und so wenig fähig ist Schuld und Jammer zu schauen?

Anna warf einen Blick auf den Freund, der dem scharfen Auge desselben genügte, die Größe des Kummers zu begreifen, der auf diesem Herzen liegen mußte.

Kommen Sie in meine Wohnung, theure Frau, sagte er sanft, dort sagen Sie mir, was Sie hierher führt und rechnen Sie auf meinen treuesten Beistand, so weit eines Menschen bester Wille reicht.

In dem reinlichen, einfachen Zimmer des Zuchthaus=Predigers Walter saßen die Beiden, so lange getrennten, einander jetzt gegenüber.

Anna hatte erzählt, ihre Augen waren von Thränen geröthet, ihre Lippen zitterten, die kleine Maria schmiegte sich an die Kniee der Weinenden und küßte schmeichelnd ihre Hände, in welche sie den duftenden Blumenstrauß gelegt hatte.

Schmerzensmutter! sagte der Prediger, seiner alten Freundin die Hand drückend; sie aber zog die seine an ihre Lippen und flehte: Werden Sie meinem Sohne ein Freund, helfen Sie dem weich gewöhnten die Be=schwerden seines fürchterlichen Looses tragen, geben Sie mir Gelegenheit sie ihm zu erleichtern.

Ich werde der Freund Ihres Sohnes sein, entgegnete der Geistliche, er ist Ihr Sohn und darum meinem Herzen theuer, aber er ist auch mein Pflegebefohlener und mein Amt besielt mir ihn zu lieben, zu ermuthigen und wo möglich zu beffern. — Ich durchschiffte als Jüngling ferne Meere, um zu fremden Völkern, zu glücklichen Menschen das Wort Gottes, den Trost der Religion zu tragen — ich fand dort im Besitz eines schuldlosen Weibes, im Leben mit einfachen harmlosen Menschen, in der Erkenntniß der Werke Gottes ein unaussprechlich reines Lebensglück, aber ich lernte auch erkennen, daß die Lehre des Christenthums ihre höchsten Wirkungen nur auf kranke Seelen ausüben kann. Darum ging ich hierher. Unter Verbrechern, nicht unter einfachen Naturkindern ist der Platz deffen, der die Wunder des Evangeliums erneut sehen will. Anna, ich will hier wirken im Glauben und in der Liebe und Ihrem verlorenen Sohn soll es nie an einem Freunde fehlen.

Keine zwanzig Schritt von dem eisernen Thore der Strafanstalt steht an der Chaussee nach Sonnenburg ein kleines Haus, das früher vom Einnehmer des Wegegeldes bewohnt wurde. Einige Bäume, die letzten des nahen Waldes, umgeben es und in ihrem Schatten grünt ein ländlicher Garten.

Der Prediger Walter vermittelte es, daß die un=

glückliche Mutter des Sträflings hier eine billige und freundliche Wohnung fand.

Das Vermögen, das der Justizrath Kühne nachgelassen, war sehr geringe. Seine kostspieligen Leidenschaften hatten die bedeutenden Summen, die er erwarb, auch stets verschlungen, der Prozeß raubte den Rest und Anna Kühne war genöthigt auf einen Erwerbszweig zu sinnen, wenn sie leben wollte ohne zu betteln.

Dieser Umstand, der dem Anschein nach ihr trauriges Loos so sehr erschwerte, war in der That für sie ein Glück. Sie durfte sich dem Jammer um den verirrten Sohn nicht hingeben, sie mußte an die Mittel, ihm beistehen zu können, an ihre eigenen Bedürfnisse denken, sie mußte arbeiten um zu leben und Arbeit ist bei tiefem Kummer ja stets die beste Zerstreuung.

Als Frau eines reichen Mannes war der Garten an ihrem Hause ihre einzige Freude gewesen und sie hatte dort Kenntnisse gesammelt, die sie jetzt richtig anwendete.

Sie miethete einen Knecht, einen entlassenen Sträfling, der gern in den Dienst trat, da sich ihm ein zweiter schwerlich geboten hätte.

Mit seiner Hülfe bearbeitete sie das fruchtbare Land hinter ihrem Hause, zog frühes Gemüse und Blumen, hielt ein paar Kühe, deren Milch sie in Sonnenburg gut verwerthen konnte, zog Hühner und Tauben und hatte so einen Geschäftskreis, der ihr nicht nur Brod gab, sondern auch einen immer fließenden Quell stiller Genüsse eröffnete.

Maria, die Tochter ihres Freundes, war ihr bald auch eine eine theure, liebe Tochter, der Gegenstand ihrer treusten Sorge und Aufmerksamkeit und mit tiefer Dankbarkeit vergalt Paul, der Knecht, die Güte seiner Herrin.

Jeden Abend, wenn hinter den weißen Mauern der Strafanstalt die Feierglocke ertönte, stand die blasse, silberhaarige Frau in der Eingangspforte und ging die tief ausgetretenen Stufen von Sandstein hinauf nach der Halle, wo ihrer der Sohn bereits wartete.

Walter Kühne, der Jüngling, der einst jede Arbeit scheute, der sich mit wilder Gier in den Strudel unerlaubter Vergnügungen stürzte, war schon nach zwei Monaten, die er in Sonnenburg zugebracht, an eisernen Fleiß gewöhnt, ein stiller, emsiger Arbeiter geworden.

Er ward auf den Antrieb des Geistlichen zuerst in der Schlosser-, dann in der Drechsler- und endlich in der Tischler-Werkstatt beschäftigt und zu allem zeigte er gleiche Anstelligkeit und gleiches Geschick; auch arbeitete er Sommers in den Gärten der Anstalt und auch dann, wenn er mit dem Prediger allein und im ernstesten Gespräch war, beschäftigte er seine geschickten Hände durch Korbflechten oder Schnüreknüpfen. — Je mehr aber seine Aufführung sich die Zufriedenheit aller seiner Vorgesetzten erwarb, desto tiefer schien das Weh zu werden, das mehr und mehr in seiner Seele Platz gewann, und das sichtlich an seiner Gesundheit nagte.

Er liebte seine Mutter mit einer Liebe, die an Anbetung grenzte. Wenn er sie da stehen sah, die feine Frau, unter den halb verthierten Gesichtern, die am Thore des Zuchthauses warteten um ihre Verwandten zu sehen, da flammten seine Wangen bald hoch auf und bald erbleichten sie wieder, dann hob sich seine Brust und sein Athem wurde keuchend, und wenn sie ihn liebend an ihr Mutterherz zog, Segensküsse auf seine blasse Stirn drückte und ihn mit sanften Worten ermunterte, getrost und guten Muths zu sein und auf Gott zu hoffen, der dem Reuigen vergiebt, dann bebte er und wandte sich ab und seine Augen wurden starr und gläsern. Er konnte nicht weinen, seine letzten Thränen hatte er vergossen am ersten Tage seines Aufenthalts im Zuchthause, den er, wie jeder Verbrecher dort, in einer einsamen Zelle zubringen mußte.

An diesem Tage war sein ganzes Leben in Spiegelbildern an ihm vorbei gezogen. Seit er denken und beobachten konnte, hatte er gesehen, daß sein Vater das

Ziel seines Lebens in Sinnengenüssen fand. Deutlich konnte er sich noch erinnern, wie er, der Sohn, ein kleines Kind, die Leckerbissen benascht hatte, die für den Vater bereitet und aufgehoben wurden, eben so deutlich, ja deutlicher noch, wie er, ein reifender Knabe, zuerst dieses sonst so strengen Vaters Schäckereien mit dem Hausmädchen belauscht hatte. — Jedes harte Wort dieses sündigenden Vaters gegen die stille milde Mutter trat vor seine Seele, und dieser Mutter schlecht verhehlte Angst und Abneigung vor dem Vater. Und dann führte ihm seine Erinnerung Aline vor, das käufliche Weib, das ihm ihr angefaultes Herz gegeben, das mit ihm gespielt hatte, während ihre sogenannte Liebe sie nicht einen Augenblick gehindert, ihr ruchloses Gewerbe fortzusetzen, und dann erschien ihm jener Abend, wo sein Vater ihn selbst in die Falle gelockt und wo er ihn auf's äußerste gereizt, indem er seinen Groll tückisch an der ausließ, die nicht die Körperkraft hatte sich ihm zu widersetzen, und wie er nur, um sie zu schützen, ihn zurückgeschleudert — o, war es denn seine Schuld, daß der Tod in der Ecke gelauert, wohin er gefallen! Er hatte ihn nicht tödten wollen, nicht einmal verletzen! aber das tückische Schicksal hatte das Aergste an ihm gethan und einen Vatermord auf seine Seele gewälzt, damit er sich nie mehr erheben könne aus Elend und Verzweiflung. Bei diesem Gedanken hatte er geweint, furchtbare Thränen, Thränen der Verzweiflung, Thränen die Gott anklagen; denn das fühlte er wohl, das Schicksal, das finstere schreckliche Gespenst, das sein Leben zernichtete, war nichts anderes als das, was seine sanfte Mutter den Finger Gottes nannte.

Zwei Monate nach seiner Aufnahme in Sonnenburg hatte sich manches in seiner Gefühlswelt schon geändert. — Er hatte arbeiten gelernt, arbeiten und sich anstrengen, so daß Ermüdung, die natürliche Folge der Anstrengung, ihm der natürliche Lohn der Arbeit wurde. Er schlief ruhig und erwachte gestärkt, und dann wuchs ihm das Interesse an der Arbeit, er lernte die Freude des Schaffens kennen, obgleich das Geschaffene nicht ihm zu Gute kam, und dann erfreute ihn endlich die Uebung und Entwickelung seiner Kraft und Geschicklichkeit. Er konnte lächeln, wenn er den Hobel kräftiger führte, als der Tischlergeselle, der ihm Anweisung gab.

Um diese Zeit fing der Geistliche an sich viel mit ihm zu besprechen. — Walter hatte stets ein Vorurtheil gegen Geistliche gehabt, aber der Zuchthausprediger war ein Mann, der so gut zu erzählen wußte, von den fernen Gegenden, die er gesehen, von dem blauen Meer und den grünen Inseln, und vor den Augen des armen Zuchthäuslings entwickelten seine

Worte glänzende Bilder von einem friedlichen, liebevollen Leben in fernen Zonen. — Dort, wo ihn niemand kannte, dort, wo er sich durch Arbeit, die ihn ansprach, Brod und Lebensglück erwerben konnte, borthin sehnte sich seine Seele.

Und Tag nach Tag verging, und Arbeit, Nachdenken, unveränderte Mutterliebe und das verständige Wort des Freundes, der den Unglücklichen belehrte, ohne es zu zeigen, wirkten vereint auf die kranke Seele und bewirkten in derselben das Wunder, das ähnlich dem ergrünenden Keim aus dem verwesenden Samenkorn, auch geistig ein Neues, Reines, sich schön Entwickelndes aus dem zersetzenden Alten entstehen läßt, das göttliche Wunder der Reue.

Walter Kühne, der Sträfling, war nach zweijähriger Strafzeit ein Mensch, der das Gute zu üben, das Schöne zu lieben und das Rechte zu erkennen fähig war, aber nun erst war er ein tief Unglücklicher, denn er erkannte seine Schuld und verzweifelte.

Es war wieder ein Maitag, goldig klar, drei Jahre nach jenem, an dem er das Gefängniß betreten. Der Prediger Walter war auf dem Kirchhofe, wo eben ein vieljähriger Sträfling ein frisches Grab aufwarf für einen seiner Gefährten, dessen Fesseln der Tod gelöst hatte.

Maria, jetzt ein liebliches 14jähriges Mädchen und körperlich, wie alle Töchter des Südens, früh zur Jungfrau gereift, stand, einen Blumenkranz in der Hand haltend, neben der offenen Gruft, und sechs Sträflinge trugen den weißen engen Sarg den sonnigen Weg über den Kirchhof daher. Der Director und ein Theil der Aufsichtsbeamten folgten und bildeten einen Kreis um die Gruft, den die Träger in ihrer Züchtlingskleidung schlossen. Einer derselben war Kühne, und sein Auge ward feucht, als Maria leise ihren Kranz auf den Sarg legte, während der Geistliche laut das Vaterunser betete. Sie grüßte den bekannten Sohn ihrer Freundin mit freundlichem Nicken, als das Gebet geendet, aber dieser sah es nicht, er stand mit gefalteten Händen und blickte nieder in die Gruft, in die jetzt langsam die Erde wieder hinabsank.

Erst als der Geistliche ihm die Hand auf die Schulter legte, fuhr er wie aus einem Traume empor.

Was ist Dir, mein Sohn? fragte der Prediger, woran denkst Du in diesem Augenblick?

An das Glück im Tode, entgegnete Walter; es gab eine Zeit, wo ich den Tod fürchtete, jetzt sehne ich mich nach ihm wie nach einem Erlöser; ich würde mich tödten, wenn ich den Selbstmord nicht für ein Verbrechen hielt.

Und für das einzige, mein Sohn, das der Sünder nicht bereuen kann.

Reue! sagte der unglückliche Jüngling, o, die Reue ist etwas Furchtbares, erst sie ist es, die dem Verbrecher zeigt, daß er für ewig verloren ist, denn erst der Bereuende weiß mit schrecklicher Gewißheit, daß die Vergangenheit mit ihren Lastern und Sünden unaustilgbar ist und was er auch in der Zukunft Gutes thun möge, nichts, nichts das Geschehene ungeschehen machen kann. O, das ist entsetzlich, das ist fürchterlich!

Und der Versöhnungstod des Erlösers, das Blut, das am Kreuze floß zur Vergebung der Sünden?

Kann es mir ein Atom abnehmen von der Last des Bewußtseins, daß ich meine Jugend vergeudet, meine Ehre durch eigne Schuld verloren, meinen Vater getödtet habe?

Aber es kann Dir die Ueberzeugung geben, mein armer Sohn, daß Gott, der ewig Gute, die Verzweiflung des Sünders nicht will, daß er dem fromm Glaubenden in dem Sterben des Heilandes für die Sünder die Gewißheit seiner Vergebung gab und dem nachdenkenden Zweifler die eben so tröstende Gewißheit, daß auf dieser Erde das Mögliche geschah, damit er Muth zur Umkehr gewinne. Auch die Allmacht kann nur das Rechte thun und Recht ist, daß alles Böse

böse Folgen für den Sünder hat; aber die ewige Liebe zeigt durch den Opfertod des Heilandes, daß diese Folgen nicht ewig sein sollen; sie gab in dem Opfertode des Erlösers dem Gefallenen einen Stützpunkt, den unschuldig Leidenden ein Beispiel, und Allen die Gewißheit, daß Besserung zwar nicht das Geschehene ungeschehen macht, wohl aber die Folgen desselben für den Sünder ändert; denn ein Mensch, der die Folgen eines begangenen Verbrechens muthig und geduldig auf sich nimmt und sich dann wahrhaft bessert, der hat dem Verbrechen, das er in der Vergangenheit beging, den in die Zukunft wirkenden Stachel genommen, denn unter allen Folgen des Verbrechens ist die Verschlechterung des eignen Ichs die schrecklichste für den Verbrecher.

Der zitternde Jüngling hatte mit ungetheilter Aufmerksamkeit auf die Worte des Geistlichen gehorcht; Beide waren allein auf dem stillen grünen Gottesacker, und der Seelsorger zog mit Freundlichkeit sein Beichtkind auf einen der schmucklosen Grabhügel zum Sitzen nieder.

Die hier ruhen, mein Sohn, sagte er mit bewegter Stimme, waren alle von schwerer Schuld gedrückt, ausgestoßen von der menschlichen Gesellschaft, zerfallen mit sich selbst. Glücklich diejenigen, die auf der Bahn des Bösen durch ein Ungeheures, das sie durch ihre

Schuld herbeiziehen, früh geweckt werden aus dem Taumel der Sünde. Du gehörst zu diesen Glücklichen, der von Dir verschuldete Tod Deines Vaters war ein ungeheures Unglück, das Dich auf Deiner schuldvollen Lebensbahn ergriff. Du warst kein Vatermörder, und Deine frühe Verderbtheit war zum Theil Schuld und gewiß die Strafe Deines unglücklichen Vaters. Jetzt bist Du erwacht aus dem Traum Deiner schrecklichen Jugend, was Du von jetzt ab thust, da Du die Schönheit des Guten erkannt hast, ist Deine eigene That, und wenn Du Dich aus der Tiefe Deines Elends und Schuldbewußtseins emporarbeitest zu den reinen Höhen der Tugend, hast Du das Schwerste aber auch das Höchste erreicht, was der Mensch auf Erden erreichen kann, denn mein Sohn, im Himmel ist mehr Freude über einen gebesserten Sünder, als über 99 Gerechte.

Der Abendwind wehte über den Gottesacker, die Sonne vergoldete den westlichen Horizont, eine Nachtigall sang im nahen Garten und aus der Kirche der Stadt tönten die Glocken mit harmonischem Klang; es war der heilige Abend vor Pfingsten, dem das Geläute galt.

In der unsichtbaren Welt der menschlichen Seele geschehen immer noch Wunder! an diesem segenvollen Pfingstabende war der Geist des Guten freudig in das Herz des gefallenen Jünglings eingezogen, — denn mit der wahrhaften Besserung kommt stets die wahrhafte Freude.

Walter Kühne war von dieser Stunde an der ruhige heitere Tröster seiner Mutter. — Das Jahr, das er noch im Zuchthause zubringen mußte, war ihm zur Erlernung vielfacher Kunstfertigkeiten nützlich, und der tägliche Umgang und die Belehrung des Geistlichen legten in seine Seele alle Keime des Guten, indem sie ihn zu einem echten Christen machten, der die Lehren der Liebe und Vergebung, die der Weltheiland ja eben für die gab, welche sich mit Schmerz als Sünder fühlen, verstand und beherzigte.

Er verließ Sonnenburg als ein in's Leben blickender und über seine Zukunft klar sehender Mann. Wohl wußte er, daß in seinem Vaterlande ihm, dem entlassenen Sträfling, jede Möglichkeit, sich eine ehrenwerthe Stellung zu gründen, abgeschnitten sei, aber er wußte auch, daß es auf Erden viele Plätze gab, wo er mit seinen frühen Erfahrungen segensreich wirken konnte. Seine Mutter war entschlossen, ihn bis an's Ende der Welt zu begleiten, und noch ein zweites liebendes Herz war sein Eigenthum geworden, das er aus dem rauhen Nord in die sonnige Heimath führen wollte, wo es zuerst geklopft. Der Prediger Walter hatte seine liebliche Tochter Maria mit dem Jüngling verlobt, den er wie einen Sohn liebte.

Frau Anna Kühne verkaufte ihr Haus und ihren Garten, und der Ertrag reichte hin, die Ueberfahrt nach Tahiti zu bestreiten. Mariens Vater gab seinem Kinde, was er entbehren konnte zur Einrichtung jenseit des Meeres, und Paul der Sträfling, und der alte Martin schlossen sich den Auswanderern an.

Die Bibliothek des Justizraths, so weit sie nicht aus juristischen Büchern bestand, ward den Kleidern und Geräthen, die sie begleiten sollten, beigepackt, und Walter freute sich, daß unter denselben sich auch die erhabenen Schriften der vorchristlichen Zeit befanden, welche die Gedanken des Sokrates, Pluto, Seneca und Cicero unserer Zeit aufbewahrt haben.

Nur ein Gedanke beunruhigte noch das Herz des Scheidenden: was war aus Aline geworden, von der er seit dem Beginn seiner Strafzeit nichts mehr gehört hatte?

Vergebens erkundigte er sich nach ihr auf allen ihm zu Gebote stehenden Wegen, er mußte abreisen ohne etwas von ihr erfahren zu haben.

Maria, sein holdes Weib, nahm von ihrem Vater nicht für immer Abschied, der Prediger Walter wollte auch wieder in das sonnige Geburtsland seines Kindes zurückkehren, vorher aber noch auf dem Platze, den er sich zum Wirkungskreise erwählt, einen Nachfolger wissen, der in seinem Sinne und Geiste fortwirkte zum

Besten derer, die durch eigene Schuld dem tiefsten Elend verfallen sind.

Vater und Tochter trennten sich zwar mit Schmerz, aber in froher Hoffnung des Wiedersehens.

Ein und ein halbes Jahr nach diesem Abschiede erhielt der Prediger ein Briefpacket; den einen der Briefe, den wichtigsten von allen, wollen wir zum Schlusse unserer Erzählung hierhersetzen.

Mein theurer Jugendfreund!

Waltershof auf Tahiti 2c. 185—

Ich schreibe Ihnen in unserm Garten, wo ich im Schatten einer Rosenlaube sitze, die noch in der alten Heimath vor Jahren ihre ersten Wurzeln trieb. — Ein Rosenzweig, den Sie mir einst schenkten, war der erste Stamm des dichten Gewebes, das sich jetzt um mich her zieht; ich nahm ihn in einem Blumentopfe mit über's Meer und pflanzte ihn hier in den Boden, der dem Großvater unserer Maria gehörte, auf dem jetzt unser zierliches, von Rohr erbautes, mit Palmblättern gedecktes Haus steht.

Hier leben wir nun. Mein Walter ist ein ernst heiterer, immer thätiger Mann, der hier bereits sowohl unter den Eingebornen, denen er durch seine Maria verwandt ist, als auch unter den englischen und französischen Ansiedlern und den Missionairen viele Achtung hat.—

Ueber den Stand seiner äußeren Verhältnisse, wie auch

über sein inneres Leben schreibt er Ihnen selbst, er hat für Sie seit unserer Abreise ein Tagebuch geführt, das Ihnen mit dem Schiffe, das in wenigen Tagen nach England absegelt und auch diesen Brief mitnimmt zukommen wird.

Ueber uns ein heiterer Himmel, unter uns die reiche, immerblühende Erde, um uns Meer und Land in höchster Schönheit, in uns der Friede Gottes, den nichts trübt als die Erinnerung, sind wir alle so glücklich, als man es auf diesem Erdenstern sein kann. Maria, deren Tagebuch Sie ebenfalls erhalten, ist der gute Engel, dessen Reinheit uns alle mit uns selbst aussöhnt. Sie ist das Urbild des Weibes, wie es rein und liebevoll aus Gottes Hand hervorging und sie liebt meinen Sohn, dessen Leben sie kennt und dessen Reue sie — seltsamer Weise versteht, wie ein Schutzgeist und doch auch treues Weib. — Wir theilen mit einander die Arbeiten des Haushalts, spinnen, weben und nähen fleißig, Paul hilft uns beim Gartenbau, Martin waltet nach alter Weise im Hause und Walter hat Schreiner-, Drechsler- und Korbflechter-Werkstätten angelegt, unterweist seine farbigen Verwandten, die anstellig genug sind, wenn sie arbeiten wollen, und versteht es während der Arbeit sie zu belehren und aufzuklären. Er selbst wird Ihnen das noch näher erzählen. O mein theurer Freund, Gottes Segen ist mit uns! und demüthig bekenne ich, das ich ihn nicht verdiene, denn es gab eine Stunde, da ich mit verbrecherischer Hand seiner Barmherzigkeit vorgreifen wollte — Sie wissen das, Sie wissen auch, wie sehr ich bereue.

Unsere Reise war gut, das Nähere darüber finden Sie in Walters und Maria's Briefen; eines nur möchte ich Ihnen noch mittheilen, ich hab in Hamburg Aline gesehn!

Ich ging am Alsterbassin einsam spazieren, die Kinder waren in einem Laden um noch mehreres einzukaufen; da sah ich am Arm eines stattlichen Herrn eine Dame von großer Schönheit. — Sie war geschmackvoll und kostbar, aber ohne Ostentation gekleidet, und — ich erkannte sie!

Sie mochte auch mich erkannt haben, denn ich sah, daß sie tief erbleichte.

Am folgenden Tage war ich an demselben Platze und jetzt sah ich sie dort in einfacher Kleidung allein; sie trat auf mich zu, sobald sie mich erblickte.

Ich habe Ihren und Ihres Sohnes Namen auf der Liste der Auswanderer im Comptoir meines Mannes gesehen, sagte sie lebhaft und ich bin glücklich in der Hoffnung, daß es dem armen Walter wohl gehen wird. Sie begleiten ihn, Madame, Sie und — eine

Frau, seine Frau! o ich wünsche ihr alles Gute von ganzer Seele. Ich bin verheirathet — mein Gatte ist einer der reichsten Kaufleute und Rheder in dieser reichen Stadt — Madame! er kennt meine Vergangenheit nicht — in seinen Augen bin ich die verwaiste Tochter eines armen Geistlichen, die sich als Gesellschafterin in reichen Häusern jahrelang das tägliche Brod erwarb. — Mit diesem Bekenntniß lege ich mein Leben in Ihre Hand und gebe Ihnen volle Macht sich an mir zu rächen; denn erfährt mein Gatte, daß ich Aline bin, die verrufene Heldin eines Criminalprocesses, so würde er mich wie eine scheußliche Kröte von sich stoßen. — Sehen und sprechen mußte ich Sie, ich bin reich, sehr reich, liebe Dame, und ich würde sehr gern etwas thun um die Zukunft einer Familie zu verbessern, deren Vergangenheit ich vergiftete.

Ich dankte ihr für ihren guten Willen, ich vergab ihr, was sie sich vorwarf und nahm Abschied von ihr. Das Schwert des Damokles schwebt ja über dem Haupte der Unglücklichen, wie hätte ich der Angst, die ihre stete Begleiterin ist, noch einen Vorwurf beifügen können. Erst als wir auf offenem Meere waren, erzählte ich meinem Sohne von dieser Begegnung; sie schien ihn sehr zu erfreuen. Aline ist glücklich in ihrer Art, sagte er, und ich sah wohl, daß ich nicht nöthig gehabt hätte zu schweigen. Er liebt die Courtisane nicht mehr — ja er hat sie nie geliebt, aber sein reines Weib liebt er und diese Liebe reinigt ihn mehr und mehr von den Schlacken der Vergangenheit.

Sorgen Sie, theurer Freund, für einen Stein auf das Grab meines Gatten. Er liebte keine Blumen, aber ich weiß, daß es in seinem Sinn gehandelt ist, wenn wir sein Grab mit einem Marmor, der seinen Namen trägt, schmücken. Und nun habe ich Ihnen alles gesagt, außer daß die Kinder, d. h. unsere Enkelchen, Maria's vor acht Wochen geborne Zwillinge gar schön gedeihen; daß Maria beide selbst stillt, schreibt sie Ihnen wohl. Ja und noch Eins! Paul hat sich eine Frau genommen, ein liebliches jugendliches Kind dieser südlichen Sonne. Ich glaube, daß er sehr glücklich und uns von Herzen dankbar ist. Seine Vergangenheit in Europa mit ihrer Armuth, ihren Lastern und deren Strafe scheint in seiner Erinnerung zu versinken. Seine Frau ist auch in unserm Hause hülfreich und hat von mir bereits stricken und spinnen gelernt. Unser Flachsfeld, an einer nördlichen Berglehne gelegen, gedeiht prächtig und dreimal im Jahre können wir säen und ernten.

Genug nun, mein theurer Freund. Giebt Gott mir noch die Freude, Sie hier im Kreise unserer

Kinder wiederzusehen, so werde ich mein Geschick seg=
nen, aber ich bete nicht um dies hohe Glück; da wo
sie jetzt wirken, streuen Sie den Samen des Guten
mit voller Hand aus, und Gutes zu thun, so lange
es Tag ist, das ist ja die Bestimmung und das Glück
des Menschen auf Erden. Gott sei mit Ihnen.
Anna.